W0280395

LA VIE À L'ENDROIT

DU MÊME AUTEUR

Aux Éditions Grasset

LETTRES ALGÉRIENNES, 1995.

Aux Éditions Denoël

LA RÉPUDIATION, 1969.
L'INSOLATION, 1972.
TOPOGRAPHIE IDÉALE POUR UNE AGRESSION CARACTÉRISÉE, 1975.
L'ESCARGOT ENTÊTÉ, 1977.
LES 1001 ANNÉES DE LA NOSTALGIE, 1979.
LE VAINQUEUR DE COUPE, 1981.
LE DÉMANTÈLEMENT, 1982.
LA MACÉRATION, 1984.
GREFFE, 1985.
LA PLUIE, 1986.
LA PRISE DE GIBRALTAR, 1987.
LE DÉSORDRE DES CHOSES, 1991.
FIS DE LA HAINE, 1992.
TIMIMOUN, 1994.
MINES DE RIEN, 1995.

Aux Éditions SNED (Alger)

POUR NE PLUS RÊVER, 1965.

Aux Éditions Hachette

JOURNAL PALESTINIEN, 1972.

Aux Éditions Zulma

PEINDRE L'ORIENT, 1996.

« Cette épouvante de l'homme abandonné parmi des fous qui vont bouger. »

André Malraux, *La Voie royale.*

Première partie

ALGER : 26 MAI 1995

1

Alger : 26 mai 1995. La pluie n'avait pas lavé la ville de ses cotillons, ses serpentins, ses débris de pétards, ses papiers gras, ses rubans en taffetas multicolores, ses mégots de cigarettes, ses canettes de bière, ses boîtes de sodas, ses pétales de roses et de jasmins fanés, ses détritus ; mais elle avait laissé des traces humides sur les parois lisses des buildings et des marques écaillées, comme égratignées, sur les murs des vieilles maisons et des vieilles boutiques, y compris celles situées sous les arcades très anciennes de la ville arabe, ou celles, néomauresques, de la ville européenne.

Deux ou trois orages avaient déversé des pluies battantes mais la foule en liesse ne s'était même pas rendu compte qu'elle était trempée. Elle n'avait pas entendu, non plus, le fracas de ces orages qui éclataient par intermittence, tant elle était prise dans sa propre folie collective, dans ses embouteillages inextricables, ses hurlements, ses cris surexcités et hystériques, les sifflets stridents, affolés et contradictoires des policiers engoncés dans leurs cirés bleu pétrole, mêlés aux sifflets de Yamaha, la mascotte du C.R. Belcourt qui menait ce cortège délirant. L'heure du couvre-feu était passée depuis longtemps et personne n'y faisait attention ; pas même les agents de police débordés, submergés et, parfois, portés en triomphe par cette masse compacte, interminable, déferlante et joyeuse, composée non seulement de supporters du club qui avait gagné la coupe mais de n'importe qui et de n'importe quoi.

Toute la ville était dehors, malgré la pluie. Alors qu'Alger était habituellement morte dès huit heures du soir, depuis toujours, autant qu'il s'en souvienne, comme tombée en léthargie après une longue journée d'une activité débridée, grouillante, épuisante et surfaite. Comme si les passants, les badauds et les enfants qui jouaient sans fin au football entre les voitures, n'étaient là que pour se faire valoir, se faire remarquer ou s'adosser, des heures durant, aux murs de toute la cité surpeuplée, encombrée, frénétique et bruyante, malgré les platanes, les pigeons, les squares, les collines criblées de taches blanches ou bleues ou ocre matérialisant les villas cossues des hauteurs ou tel hôtel luxueux ou tel palace redondant, dominant ce port fabuleux où les grues, les conteneurs et toute une machinerie extravagante étaient comme un rajout insupportable, voire douloureux, de ce qui fait communément un port : les quais, la mer et les bateaux.

La ville ne dormait plus depuis plusieurs jours en cette fin de mai pluvieux, déjà un peu moite, déjà délirant sous les débordements des jacarandas d'un bleu intense, exubérant, et, à la fois, vaporeux, fragile. La cité qui ne vivait que le jour se découvrait des vocations de noctambules insatiables et intarissables que Rac regardait passer, défiler, s'écraser, chanter et hurler, de la fenêtre de cet appartement qu'on venait de lui prêter pour quelques mois et dans lequel il n'avait pas encore eu le temps de ranger les rares objets et effets qu'il avait apportés avec lui. Très peu de choses en vérité mais essentielles pour lui, même s'il n'allait s'en servir que très rarement. Parce qu'il aimait les espaces vides, blancs, impeccables, où il pouvait se déployer sans se heurter à un meuble ou à un objet. Parce qu'il n'aimait pas, non plus, changer trop souvent de vêtements par paresse ou nonchalance et préférait garder sur lui les mêmes vieilles choses, parfois si usées qu'il ne s'apercevait qu'elles étaient élimées, détramées ou trouées que par inadvertance, par hasard, comme ça.

Tapi derrière une fenêtre, Rac jubilait de voir cette foule bariolée, intempestive et délirante passer et repasser en bas de l'immeuble, au point qu'il en avait perdu le sommeil et vivait cet événement sportif dont l'exagération hystérique le dérangeait, bien qu'il aimât beaucoup le football, d'une façon quelque peu hallucinée, comme irréelle. Plusieurs fois il eut l'impression pendant cette période carnavalesque, qu'il avait le vertige, mais un vertige où rien ne bougeait, ne tournait. Une sorte de vertige immobile. Solide. Compact.

A chaque passage comme rituel de cette masse humaine devant sa fenêtre, Rac était à la fois amusé et attendri par le meneur des supporters ou simples curieux, la mascotte du club vainqueur. Sorte de nain, de nabot au visage fripé plutôt, dont le corps tout cabossé disparaissait sous un amoncellement de tuniques flamboyantes, de chaussures outrageusement coloriées, de chapeaux de paille incroyables qui en faisaient quelque chose de grotesque et de sublime, à la fois. Il était d'autant plus bouleversant et impavide qu'il était la mascotte la plus célèbre du pays. Tous les clubs le convoitaient, mais en vain. Yamaha, dont le corps était comme démantibulé, déglingué, refusait de trahir son club et ce surnom étincelant, presque une onomatopée, emprunté à une marque de motocyclettes japonaises à la carrosserie compliquée et fabuleuse. Un surnom qui lui ressemblait vraiment. Qui lui allait très bien. Aérodynamique. Exotique. Rutilant.

Rac connaissait bien Yamaha, pour l'avoir vu, dans tous les stades du pays, orchestrer les chants, les musiques et les slogans de ses troupes, avec une minutie, une passion et, surtout, un sérieux sacerdotal. Yamaha ne souriait jamais. Aucune mimique. Aucune pantomime. Il était raide. Plutôt sévère. Austère. Rigide. Presque immobile. Il menait son monde avec un sifflet en or que les supporters issus d'un quartier pauvre et très populaire lui avaient offert, avec son surnom étincelant gravé dessus, au début de sa carrière de mascotte surdouée. Seules les lèvres remuaient dans ce corps informe que les déguisements variés, exubérants et astucieux rendaient irrésistible, à tel point que dans les cafés de la ville on racontait qu'il recevait une abondante correspondance de femmes tendrement amoureuses ou carrément déchaînées. Et depuis quelques années, des lettres de menaces d'intégristes fanatiquement jaloux, décidés à le liquider. Yamaha n'en avait cure. Il ne savait ni lire ni écrire. Il n'eut donc jamais le souci ou l'idée de répondre à ces lettres envoyées par fournées, selon la rumeur publique.

Maintenant qu'il vivait plus ou moins caché, Rac enviait à Yamaha ses déguisements, son surnom, voire son corps déformé, moitié nain joufflu, moitié géant fluet et imberbe. Et là, debout derrière la fenêtre, prostré dans le noir, Rac continuait à regarder cet immense cortège carnavalesque, juvénile, euphorique, insupportable et bruyant. Il ne s'en lassait pas. C'était la revanche populaire, spontanée, inattendue contre les interdits, les diktats, les mots d'ordre farfelus, les attentats sanglants (EXPLOSION D'UNE VOITURE PIÉGÉE HIER À BELCOURT. BILAN : TRENTE-SIX MORTS ET UNE CENTAINE DE BLESSÉS) et démentiels des intégristes.

A Flo qui lui rendit visite pendant cette période de folie populaire, il n'arrêta pas de parler. Il était subjugué par cette foule qui avait enfreint le couvre-feu officiel et les interdits des terroristes. En même temps. Une masse irrésistible, fougueuse et prête à en découdre. Flo qui connaissait sa passion du football n'ignorait pas, non plus, sa phobie des foules, des débordements de rue, des liesses et de tout ce qui avait un rapport avec la joie. Rac n'était pas quelqu'un de triste. Mais il répétait, depuis des années, que la joie était une réaction facile, au rabais. Il lui préférait l'exaltation plus métaphysique à son sens, plus mystique. Elle ne comprenait pas toujours son maniérisme mais l'approuvait souvent parce qu'elle lui ressemblait. « C'est cela ! lui disait-elle. Je te ressemble.

Nos histoires familiales, aussi, se ressemblent, s'imbriquent, se superposent. »

Flo s'était engouffrée, très jeune, dans cette passion algérienne. Attitude réactionnelle, peut-être, contre la trahison de son père qui passa, sans transition, des maquis de la résistance contre les Allemands à un arrivisme effroyable et cynique. Il devint sénateur dès 1946. Corrompu jusqu'à la moelle, il s'enrichit sans vergogne et abandonna Marie son épouse et Flo sa fille qui n'avait alors que quatre ans. Comme Rac dont le père répudia sa femme quand il avait cinq ans. Flo n'eut pas de père. Rac, non plus. Cette perte et ce manque les rapprochèrent aussitôt. Ainsi que le destin lamentable de leurs mères respectives.

Humiliée, Marie la mère de Flo tomba, après le divorce, sous la coupe de Jeanne, sa mère. Femme terrible et impitoyable qui perdit son mari à la guerre de 1914-1918 et rendit responsable de cette mort Marie dont elle était enceinte au moment du décès. Pour des raisons superstitieuses, tirées par les cheveux et abracadabrantes, Jeanne n'en démordit jamais : Marie, à sa naissance, avait apporté le malheur et la malédiction. Répudiée, humiliée, elle aussi, la mère de Rac tomba sous la houlette de sa belle-mère, horrible haridelle qui pesait son quintal et demi, était réputée pour sa méchanceté, son autoritarisme et ses dons culinaires exceptionnels. Flo, dès l'enfance, se révolta contre son père et sa grand-mère. Rac poussa cette révolte contre son père jusqu'à l'extrême : la haine. Il ne se souvenait de son horrible grand-mère qu'à travers des photos. Dont l'une, incroyable, avait été prise, le jour de sa mort et à sa demande, la représentant assise dans un immense lit à baldaquin, parée d'une robe rutilante en velours d'un rouge garance et agressif et d'une coiffe extravagante, de forme conique et d'un orange flamboyant, dont les strates n'en finissaient pas de monter à l'assaut du plafond, pourtant très haut. La mourante avait un air arrogant et suffisant mais on décelait à l'expression de ses yeux que la mort avait déjà envahi son corps bouffi de graisse et d'orgueil déplacé. Inutile. Rocambolesque.

Tout ce magma familial vécu par Flo et Rac avait tissé, aussitôt, entre eux des liens très forts. Une sorte de complicité étonnée de cette convergence entre deux destins, pourtant si éloignés l'un de l'autre. « Tu vis en marge des autres. Tu vis trop seul », lui disait Flo. Elle fit tout pour qu'il eût des amis. Elle échoua lamentablement parce qu'elle, aussi, était une grande solitaire. Seul son travail à l'hôpital la sauvait du désastre métaphysique. C'était une formule de Rac que Flo avait adoptée après quelques années de réflexion, d'une façon ironique. Perplexe.

Alger : 26 mai 1995

Au téléphone, Rac, dans les rares communications qu'il donnait ou recevait, répétait à tous ses interlocuteurs combien il admirait et enviait Yamaha. Plus célèbre que toutes les vedettes du football national et plus cher certainement que les mieux payées d'entre elles si, un jour, il décidait de se faire rétribuer ou d'accepter d'être transféré à un autre club rival de la ville. Flo savait que cet attachement soudain pour Yamaha avait, en réalité, des origines plus profondes et plus complexes. Il n'était pas seulement lié à cette situation particulière qu'ils affrontaient tous les deux, chacun de leur côté. Séparément. Cette passion pour la mascotte du club de football n'était pas uniquement une façon de sublimer, de faire passer la peur quotidienne qui le tenaillait en permanence, tapie dans son ventre. Comme une habitude. Une manie. Un tic presque. Il y avait beaucoup d'autres choses, obscures et insondables derrière cet engouement quelque peu enfantin. Un tas de choses refoulées au fond de lui-même. Là où Flo n'aimait pas trop aller fouiller, parce qu'elle présentait les mêmes symptômes et souffrait des mêmes enfouissements, des mêmes fuites en avant.

2

Flo avait séduit Rac il y a plusieurs années de cela, à une terrasse de café pour étudiants qu'ils fréquentaient assidûment. Elle si timide, si peu loquace, lui déclara brusquement, brutalement presque, son envie de faire l'amour avec lui, le soir même. Ils se connaissaient à peine. Lui en fut si surpris qu'il bégaya une phrase restée légendaire entre eux : « Il faudrait que je passe auparavant chez ma mère prendre des serviettes de toilette propres. » Elle ne rit pas de cette façon qu'avait Rac d'appréhender sa propre timidité, sa propre pudeur, mais elle ôta les lunettes de soleil qu'elle avait mises pour la circonstance et se donner le courage de faire cette surprenante déclaration. C'était sa manière à elle, à la fois désinvolte, abrupte et crispée, de lui dire qu'elle l'aimait depuis quelque temps déjà sans oser le lui avouer, d'atténuer la brutalité de cette franchise extravagante. Elle soutint son regard un long moment et le fixa de ses yeux immensément violets. Ce n'était ni de la provocation ni du défi. Elle était morte de honte mais décidée à dépasser sa timidité et sa gêne. Il lui donna rendez-vous quelques heures plus tard. Passa chez sa mère prendre du linge de maison fraîchement lavé. A vingt heures, ils prirent tous les deux un autobus pour aller au studio de Rac perché sur la plus haute colline de la ville. Le trajet fut long. C'était sûrement une impression. Ils étaient silencieux et angoissés. Morts de trac.

A un moment, il aperçut un de ses amis de fac au volant d'une vieille voiture qui les avait repérés à l'arrière de l'autobus quasiment vide. Il leur tirait la langue et faisait le clown. Il ignorait l'atmosphère douloureusement tendue. Pénible. Un vrai désastre. Ils étaient crispés, noués, muets et maladroits.

Ils ne purent, cette première fois, calmer vraiment la fringale qui s'était emparée de leurs corps fiévreux. Le désir hargneux, impatient et vorace rendait la peau de Flo plus laiteuse encore, parcourue de petits grains violacés qui n'étaient que le résultat de l'intensité des caresses et de la violence de son désir : sorte de festin érotique de la chair. Parce qu'au lieu de faire l'amour, ils se happaient avec une telle virulence qu'ils eurent des éblouissements ponctués par les mêmes mots de l'amante, sincères et émouvants : « J'ai honte... j'ai honte... je n'aurais pas dû... tu n'es pas choqué au moins ? On se connaît depuis si peu... que vas-tu penser de moi ? J'ai honte, Rac... » Rac sut, cette nuit-là, que Flo était une femme. Une vraie femelle jaillie de sa propre honte et de ses propres orgasmes dont le liquide faisait des taches incroyablement larges sur le drap bleu foncé, sur lequel ils s'enchevêtraient et se désenchevêtraient sans cesse ni répit. Rac était ému. Il n'avait jamais connu cela auparavant avec une autre femme. Il avait été surpris par le déchaînement érotique de cette jeune fille si douce, si calme, si pudique et si peu bavarde. Il l'aima pour de bon et ne la quitta plus.

Cloué à sa vitre, donc, et à ce carnaval nocturne qui se déroulait à ses pieds, Rac pensait à Flo, cloîtrée dans son hôpital. Sur le qui-vive. Il la rencontrait mais il ne la voyait plus vraiment. De temps à autre, au gré des voyages à l'intérieur ou à l'extérieur du pays, des déménagements successifs, des changements de planques et des différents déguisements et accoutrements dont il trimbalait les divers accessoires dans une vieille valise. Comme un immigré dans son propre pays.

Flo ne se déguisait pas. L'enceinte de l'hôpital où elle travaillait la protégeait. Elle ne quittait pour ainsi dire plus son service de chirurgie infantile. Elle ne sortait que pour rendre visite à Rac ou à un amant qu'elle avait pris pour calmer sa nervosité, non parce qu'elle avait peur mais parce qu'elle craignait que Rac fût assassiné. Elle utilisait pour cela un euphémisme : « Je ne veux pas qu'on t'humilie », disait-elle.

Rac n'aimait pas le dentiste avec lequel Flo faisait l'amour. Il n'était pas jaloux. Seulement agacé. Peut-être – plaisantait-il – parce qu'il n'avait pas de belles dents pour un dentiste réputé. Et cet agacement lui faisait faire, parfois, des rêves érotiques, liés à sa première rencontre avec Flo.

Ils généraient, alors, une violence inattendue et surprenante, surtout lorsque Flo jaillie de sa propre sève laissait apparaître, en écartant les jambes, un fouillis obscur, grêlé et grenu, coupant durement la lumière qui inondait les cuisses. Ils étaient assaillis par une frénésie fébrile d'abord, puis ils se reprenaient dans un tâtonnement méthodique jusqu'à la rencontre de l'orifice miraculeux. Tout cela durait longtemps. Le sexe de Flo bavait sur ses jambes un liquide épais dont l'abondance ne cessait pas d'intriguer Rac.

Cela ne calmait pas leur fringale car il fallait, en effet, que la chair dure de Rac aille dévaster la chair molle de Flo ; et elle, bénissant alors le va-et-vient bienfaisant, écartait ses jambes encore plus, prête, dans sa certitude de femme, à engloutir l'immensité globale, non pour en jouir seulement, mais pour exacerber et nourrir toute cette passion. Elle ahanait, et quels coups de boutoir viendraient à bout de son festin poisseux !

L'amante, ne se rendant même pas compte de sa narcissique douleur, fulminait sous l'exiguïté de sa propre adulation, voulant tout à coup tout absorber à travers son sexe ramolli par la jouissance et l'écoulement, puis vite durci pour mieux étreindre l'autre chair, dans cet espace ridiculement restreint mais infiniment riche de possibilités, toujours intactes, toujours insoupçonnables ; et au bout de la jouissance, Flo profitait de ce laps de temps entre la plénitude, l'amertume, le remords et les larmes pour remercier Rac, l'adorer, lui faire fête et répéter : « J'ai honte... tu sais... j'ai honte. Mais j'ai une telle passion pour toi et pour ton pays que... »

Bourrasques répétitives de mai qui survenaient brusquement et brutalement le temps d'un orage donnant un répit de quelques heures à ce printemps instable et algérois, avec ses journées qui inondaient de leur clarté, de temps à autre, les murs de l'appartement situé en plein centre-ville et dont les couleurs se mordoraient, passaient de l'ocre au rosé et, avant la tombée de la nuit, prenaient une teinte safran, indéfinissable, dégageant une impression de tranquillité, de mélancolie et d'apaisement, avant que la baie d'Alger ne fît irruption dès qu'il faisait totalement noir, dans le salon. Avec ce scintillement qui découpait, en pointillés, les bateaux, les grues, les quais, les docks et même l'autoroute qui va vers l'aéroport.

La baie, avec son semis de lumières, faisait comme une intrusion dans cette planque sordide, la transformant en un lieu de béatitude et d'extase où la peur joue un rôle essentiel dans cette façon que Rac a de sublimer l'arrivée de la nuit. Parce qu'une journée s'est terminée et qu'il est encore vivant. Jamais il n'avait eu cette passion dévorante pour la vie, cette impression de jubilation, de ferveur intérieure et de bonheur cru qui le laissait abasourdi, un peu étourdi et très perplexe, après une journée de travail, de solitude et d'interrogations infinies sur son propre destin, sa propre vie, sa propre mort et sa propre dérision.

Et à nouveau, les cortèges de supporters se reformaient presque selon un rite établi, un rituel païen dédié aux dieux du football, à ces joueurs plus que déifiés, grâce au sifflet en or de Yamaha, toujours à la tête de ses troupes, accoutré, chaque jour, de nouveaux oripeaux, de nouvelles oriflammes, tandis que Rac derrière la fenêtre, tapi dans l'ombre épaisse, pour ne pas être repéré par les voisins d'en face, agglutinés sur leurs balcons, regardait avec amusement les serpentins en papiers fluo, les cotillons multicolores, les fleurs écrasées, qui étincelaient dans les caniveaux encore humides de la dernière bourrasque, les tas de détritus qui encombraient la chaussée et les trottoirs.

Un soir, dès le début de la formation du cortège des supporters déchaînés, il se grima le visage, mit une perruque et un burnous en poil de chameau grège, prit son appareil photo et descendit dans la rue. Très vite il repéra Yamaha et s'installa à côté de lui. Il ne le quitta pas d'une semelle durant toute cette nouvelle nuit de délire collectif, malgré les bousculades, les mouvements de foule et la musique raï assourdissante. Tonitruante. Dégoulinante. Fasciné par la virtuosité de Yamaha, Rac avait peur de pleurer tant il était ému, heureux, tombé en enfance, en béatitude. Il craignait, aussi, de gâcher son maquillage. Mais il n'arrêtait pas de prendre des photos.

C'est ce soir-là que le couvre-feu qui durait depuis trois ans fut définitivement levé par les autorités de la ville.

3

Le mouvement de la vie et de l'histoire, qui avait atteint une telle amplitude, avait pris Rac dans son remous et dans son tourbillon. Il l'emportait à travers ses méandres. Lui avait l'impression que l'histoire était une sorte de géologie humaine faite de gisements limoneux, de strates sanglantes, de grondements des eaux sales bouillonnant dans sa poitrine constamment tenaillée par la peur. Depuis qu'une nuit d'été, des égorgeurs étaient parvenus à s'introduire chez lui en passant par la terrasse. Il était absent, parti passer quelques jours à la plage. Les tueurs l'avaient attendu, en vain. Ils finirent par quitter les lieux, non sans lui laisser une lettre d'insultes et de menaces et le couteau de boucher avec lequel ils devaient l'assassiner.

Il lisait et relisait beaucoup de livres d'histoire chargés de tant d'actions, d'exactions, de pendaisons sur la place publique, d'expropriations extravagantes, de crimes douteux, d'assassinats à froid, de tueries collectives, de blessures d'amour-propre et de génocides effroyables. Tout cela, depuis son enfance, n'avait cessé d'imbiber sa vie comme un papier buvard spongieux, taché d'encre et froissé par la violence du sang craquelant les veines verglacées, jusqu'à transformer l'horizon de son paysage mental en bouillie télescopée et broyée, à travers les particules de poussière et les pastilles de lumière. Tout cela était imprégné par les émanations boueuses de la Seybouse, fleuve et segment cadastrant son monde depuis l'adolescence ; avec ses mouettes guettées le long du bassin du port de Bône, en plein hiver, lorsque le climat lagunaire devient trop insalubre et transforme les bronches en coton humide et effiloché et les paupières en ganglions grenus et purulents.

Hivers du pays natal, du côté de Bône où sa famille s'était installée alors qu'il avait quinze ans ; entre le fleuve bourbeux et la mer très claire ; avec cette vapeur d'eau à tordre comme une lessive trempée dans un liquide moisi, dès qu'il fait très chaud. Il allait tôt sur le port, avant que les bateaux ne lèvent l'ancre ou ne hissent leurs voiles en toile goudronnée, laissant des dockers faire, inutilement, la queue dans les petits matins brumeux et moites des bureaux d'embauche. Tous ces souvenirs répétitifs et obsédants de son adolescence, oubliés et refoulés, le harcelaient maintenant en resurgissant d'il ne savait où. « C'est parce que je suis fragile, se disait-il. La proximité de la mort rameute les souvenirs mais pas question de culpabilité ou de regrets, de panique ou de trouille. » Et à nouveau la mémoire s'emballe.

Rac avait donc assisté à cette finale de la coupe d'Algérie. Il n'avait pas pu résister à la tentation de regarder le match malgré les conseils de ses amis, les protestations de Flo. Voix du speaker. Score toujours inchangé en faveur du C.R. Belcourt, le club de Yamaha. Deux buts à zéro. Vertige de l'histoire qu'il subodorait mais qu'il avait appris non seulement à lire mais à décrypter, à décoder, à travers plusieurs versions diverses et contradictoires.

Le pays dévasté. Les Romains, les Goths, les Wisigoths, les Arabes, les Turcs, les Français enfin. Mille villages réduits en miettes selon les historiographes. Mille hameaux emportés par les crues selon la version officielle. Mille tribus décimées par les épidémies. Mille populations brûlées vives. Emmurées. Asphyxiées. Gazées. Dans les grottes aux falaises de granit :

Cavaignac opérait sur la rive gauche du Chélif chez les Sbéa qui s'étaient cachés dans des grottes. A toutes ses sommations, ils avaient refusé de se rendre. Alors le colonel avait donné l'ordre d'attaquer une des grottes à la mine, et il avait fait allumer un grand feu devant chaque issue. Le lendemain l'incendie avait gagné les bagages des réfugiés. Pendant la nuit, on crut entendre un bruit confus, des clameurs sourdes ; puis plus rien ne troubla le silence. Longtemps avant le jour, quelques hommes suffoquant vinrent tomber devant les sentinelles. Une fumée si épaisse et si âcre emplissait les grottes qu'il fut impossible d'y pénétrer d'abord. Cependant on en voyait sortir de temps à autre des êtres méconnaissables. Quand on put enfin visiter la fournaise éteinte, on y compta plus de cinq cents cadavres. (Colonel Rousset, *La Conquête de l'Algérie*, Paris, 1852.)

Rac regardait le match se disant : « Et cette sornette qu'eux, les étrangers et les conquérants issus de toutes races et de tous pays, avaient su mater les fleuves, assainir les marécages gluants et insalubres ! » Des milliers de morts et les portes ouvragées des medersas, des écoles publiques, des palais et des maisons brûlées pour faire des feux de bois par la racaille que protégeait la troupe en goguette. Ceux qui avaient échappé à un tel massacre furent attrapés comme des poissons naïfs dans les gros filets de la stratégie militaire. Taillables et corvéables à merci, ils servirent à creuser des tranchées, élever des digues, construire des barrages, agrandir des embouchures, fracasser des montagnes, creuser des tunnels pour le seul profit des nouveaux colons.

Voyous des grandes villes lépreuses. Assassins épargnés par la guillotine. Misérables cultivateurs qui végétaient dans leur poussière. Pouilleux européens des périodes de grandes famines. Commerçants ruinés par l'usure et les taux d'intérêt. Viticulteurs alsaciens anéantis par le phylloxéra. Gouapes espagnoles et levantines fuyant leurs pays. Juifs de Livourne et de Marseille échappés de leurs ghettos. Petites crapules du monde occidental en mal de terres fécondes. Anciens révolutionnaires ayant tourné le dos à l'histoire. Communards bannis et dérapant sur les principes qu'ils avaient trahis dès leur arrivée. Enfin toute une humanité déglinguée et misérable découvrit le pays des jacarandas et du chèvrefeuille, des plaines alluviales à blé, à orge et à maïs ; des coteaux à vignoble prolifique.

Rac restait là, la tête remplie de toutes ces pages d'histoire. Il était tranquille. Un regard sur le match et l'autre sur les souvenirs de ses lectures. Le cauchemar badigeonné au vert des lagunes et à l'ocre des falaises bônoises avait duré trop longtemps. Il est temps de remettre la vie à l'endroit, pensait-il.

Une vie coloriée de brouillard et de vapeur d'eau, de tissus diaprés et de buée. Une vie pleine des loches humides qui dessinaient durant les étés torrides de son enfance de longues traces vitrifiées sur les parois du petit bassin posé là, au beau milieu de la cour intérieure de la maison natale, entretenu par la grand-mère maternelle qui passait son temps à des lectures savantes et divinatoires du plomb fondu et refroidi, accumulé en strates où s'échelonnent la structure des destins humains et la genèse du monde, où planent de longs oiseaux allongés qui viennent gober les petits poissons rouges, au grand dam des enfants qui essayaient de les poursuivre. Nous voilà ! se disait Rac, après tant de réussites et tant de ratages, tombés dans les rouages implacables du désordre, du fanatisme et de la barbarie.

Ville jaune. Palmiers rabougris. Ennui colonial. Bône de son enfance ne sent ni les épices d'Asie ni les soieries du Proche-Orient. Et pourtant, grenier à blé, comptoir phénicien, port punique, ville romaine enchevêtrée dans des fondations arabes et des cimetières vandales, sous le regard de saint Augustin qui a l'air de la haranguer du haut de la basilique qui porte son nom. Ville arabe : venelles et ruelles où l'on brûle le benjoin du Mali, l'aloès de Madagascar et le soullan du Soudan. Foisonnement de couleurs, de rythmes, de voix et de bruitages dans le fracas du choc fastueux de la mort quand elle installe la résignation et le deuil et transcrit le sens de la brisure et le style d'une colonisation impériale venue refaire les contours du pays, les falsifier, les trafiquer et les déplacer ; ouvrant ainsi dans la mémoire des habitants, retirés sur leurs pitons ou au fond de leurs déserts, des brèches béantes sur la tuerie et la démence. Glacées. Précises. Planifiées.

4

Match C.R. Belcourt-Olympique de Médéa. Temps mort. Mi-temps. Trou vide. Le terrain rempli, saccagé, piétiné tout à l'heure n'est plus qu'une immense mousse larguée là comme une mare verte et stagnante, flanquée à droite et à gauche de ces moitiés de bateaux échoués que sont les lucarnes avec leurs filets qui lui rappelaient, à Bône, les quais du petit port où les pêcheurs à l'accent arabo-maltais cousaient sous le soleil frais d'hiver leurs chaluts étalés sur plusieurs centaines de mètres, à même les gros pavés ronds et polis de la jetée. Avec plus loin le port commercial où somnolaient quelques cargos, agressés par de nombreux câbles et échafaudages et dont la proximité donnait à ces contours aigus l'âpreté goudronnée du cambouis et de l'eau croupissante, vitrifiée, de couleur vert bouteille. La chaleur torride ramollissait les muscles et les nerfs. Rac se souvenait des terrains vagues de son adolescence bônoise qui camouflaient toute cette désolation de bidonvilles superposés lorsque l'entassement des bateaux laisse place à l'appel du large. Bateaux accumulés, comme par rangées successives. Cordages effilochés par les écailles de poissons. Grues fantastiques scintillant dans l'air rigide et glacial ou bien brûlant et étouffant, selon les saisons.

Autour du terrain, toujours vide : la superposition, aussi, des virages comme évanouis dans une réflexion solaire aveuglante où ne subsiste, maintenant, qu'une étrange sensation de foisonnement moiré et vibrant dû à l'embrasement et rendu plus perceptible à cause de cette nudité soudaine, de cette immobilité inattendue et de cette staticité molle. Et, surtout, à cause du silence tombé brusquement sur l'immense bâtisse en forme de cylindre projeté en avant et en arrière.

Les contours de cette architecture d'avant-garde striée par le béton rendaient plus flous les profils de toutes les protubérances, à l'image de cette immense cabine où se tiennent les journalistes, comme jaillie de la pierre et scintillant de tout le verre de sa baie bombée, un peu comme un tiroir laissé ouvert, à travers lequel il perçoit des visages déformés par la vitre, amincis et fluets, sortes de silhouettes au bord du déséquilibre. Le tout papillonnait dans l'atmosphère drue sur laquelle les couleurs viennent se placer comme une illusion d'optique qui lui rappelait les après-midi de son adolescence où il avait l'habitude de passer son temps à jouer aux dominos et aux échecs dans la boutique de son grand-père, marchand de cannelle, de charbon et de graisse de mouton séchée et salée. Par analogie : l'odeur rance de la foule des supporters, inondée par sa propre alacrité que l'hystérie rendait plus forte.

Il se demandait avec le recul, assis sur les gradins, à la mi-temps, presque seul, la main gauche toujours crispée sur le revolver qui ne le quittait plus depuis qu'il avait obtenu une autorisation de port d'arme, si dans la boutique de son grand-père, cet entrecroisement de cordes en chanvre et la disposition toute particulière et très savante de tous ces morceaux de graisse salée n'étaient pas un moyen astucieux de voir venir de loin l'ennemi, l'intrus, ou l'étranger déguisé en gendarme, en policier, en soldat ou en huissier.

Depuis que Rac s'était trouvé dans cette situation difficile où la menace de mort planait constamment sur lui, il avait de fréquentes et obsessives bouffées de souvenirs. Son passé familial lui remontait à la tête et parfois presque à la gorge. Flo appelait cela des remontées de l'enfance. Il y pensait beaucoup à cette enfance, par moments, puis elle s'estompait pour revenir encore, d'une façon plus forte, plus nostalgique. La chaleur étouffante des gradins abandonnés par les spectateurs en cette fin de mai 1995 le tétanisait presque. Ils étaient partis vers les buvettes, les toilettes et autres lieux publics, telles les boutiques de marchands de journaux proposant des cartes postales avec la photographie des équipes et des manchettes sanglantes sur les exactions démentielles des terroristes qui donnaient l'impression qu'ils ne ciblaient que les innocents et la population civile.

Il y avait même des portraits de Yamaha chamarré comme un Arabo-Aztèque, l'air fier mais avec quelque chose de définitivement triste, derrière les pupilles glauques, fermant le visage prognathe. On vendait aussi des objets et des vêtements qui ont un lien quelconque, fût-il très lointain, avec le football. L'air bougeait devant les yeux de Rac. Il avait une réminiscence confuse, répétitive, renversée et tronçonnée, une image de train glissant outrageusement sur ses roues, adhérant à l'acier des rails entrevus comme des étincelles qui se fichaient dans ses tempes surchauffées ou comme une étoffe rêche que l'on déchire bruyamment. L'image se dédoublait, se multipliait, s'évanouissait, disparaissait et revenait à nouveau selon des courbes, des inclinaisons, des angles et des contours différents. Rac était surmené.

Il restait là. Tout seul. Déguisé. Méconnaissable. Il en avait le cœur serré. Parce qu'un déguisement est une forme de négation de soi. Une sorte de mort sans importance. Rac souffrait de ne pas être reconnu dans la rue par ses meilleurs amis. Ainsi son identité et sa personnalité se dissolvaient. Il se sentait floué. Doublé par lui-même. Il en avait des suées. Son cœur battait, alors, dans son thorax de grands coups réguliers. Son pouls grouillait sous sa peau d'une façon perceptible. Ses muscles étaient contractés à plusieurs niveaux par l'angoisse. Ce non-être, dû à ses déguisements et à sa vie double, trouble et clandestine, le déstabilisait certains jours au point de lui faire perdre ses repères intellectuels et les contours de son propre corps.

Il était dans le malaise. Il savait pourquoi il était venu dans ce stade où il n'avait rien à faire, où il allait risquer sa peau et celle des autres parce qu'il était au courant des attentats aveugles qui avaient lieu depuis le début de la vague terroriste. Cinq ans déjà ! Et toutes ces agressions meurtrières subies par ses concitoyens, innocentes victimes harcelées par leurs impitoyables assassins, capables de sortir de leurs poches avec une dextérité incroyable des armes à feu, des armes contondantes, des matraques, des coups-de-poing américains ; et, surtout, des couteaux à cran d'arrêt, des épées, des haches, des scies de boucherie, etc. Goguenards, fanatiques et hargneux, enfonçant leurs poignards rouillés à une vitesse vertigineuse, avec une haine terrifiante de psychopathes dépravés. Ils taraudaient les chairs vives de leurs victimes, les couvraient de plaies ouvertes, faisaient jaillir le sang en coupant la carotide d'un coup violent et net.

Les corps étaient massacrés, découpés au chalumeau, brûlés vifs, noyés, enterrés dans des terrains vagues, déposés dans des malles de voitures. Les cadavres s'entassaient dans les morgues, spongieux et remplis de trous à travers lesquels s'évacuait toute l'angoisse accumulée depuis leur naissance. Rac était sur ses gardes ; prêt non seulement à se défendre, mais à tuer. Le pistolet dans sa poche le rassurait. Il était décidé, maintenant, à agir et, même, le cas échéant, à se tirer une balle dans la bouche pour ne pas assister à sa lente et horrible mise à mort par des tueurs sadiques drogués, névrosés. Désaxés.

Lui qui avait toujours été tenté par le suicide ne voulait plus mourir. Une rage de vivre l'avait saisi. Transfiguré. Et au fond de lui-même, il savait que cette mort devenue plus probable que jamais l'excitait plus qu'autre chose. La mort incertaine ne rôdait pas autour de lui. Au contraire, c'était lui qui lui tournait autour, maintenant. Il n'avait plus envie de localiser ses angoisses. Ce qui ne l'empêchait pas d'avoir peur et de sentir, au cours de cauchemars répétitifs, ses yeux ciller face à la violente fulguration d'un train, toujours le même, qui s'engouffrait dans les tunnels, escaladait les falaises et finissait par basculer dans des ravins profonds. Il transpirait et sa sueur dégoulinait fluide, aigre et glaciale sur ses flancs, en lacis suintants, terminant leur course au creux des reins.

Il était déjà conscient de la brisure qui s'était faite à l'intérieur de son propre corps, à travers les lectures de journaux, les fragments de phrases, les deuils nombreux, les cercueils où gisaient les corps de ses amis mutilés, décapités, dépecés. Mutilés. Atrocement.

Rac était donc prêt à tout. Sur ses gardes. Prêt à frapper le premier. A ne pas se laisser faire. A rendre les coups. A se suicider. C'est-à-dire à se donner cette mort incertaine qui déborde son propre destin, somme toute minable, ordinaire, banal. Pathétiquement humain.

Il n'avait pas peur des amalgames : enchevêtrements, imbrications, amoncellements et accumulations divers d'un même et unique phénomène historique, fondé sur la violence universelle, le dépassant mais dont il avait conscience, fût-ce d'une façon vague et implicite. Sachant d'instinct que tout le mystère des événements politiques, qui avaient fait de lui une victime potentielle, avait son secret dans cette conjugaison savante entre les êtres, les faits et les éléments ; dans cette dynamique au faisceau implacable qu'on appelle communément l'histoire.

Mi-temps donc. Rac est presque seul. Calme, il attend le début de la deuxième partie du match qui oppose en finale de la coupe d'Algérie le C.R. Belcourt à l'Olympique de Médéa. 2 à 0, à la mi-temps. Il essaie, en vain, de se concentrer sur le jeu. Le choc de toutes ces villes algériennes où il débarquait, après de longs voyages en train ou de rapides vols en avion, est toujours là qui s'impose à lui comme un paysage mental à jamais incrusté sous sa peau depuis qu'il est entré dans cette vie de semi-clandestinité. Parce qu'il a découvert, alors, le formidable enfermement que constitue une réelle organisation urbaine avec ses immeubles emphatiques et péremptoires, ses avenues jetées ainsi à la va-vite, farouches et victorieuses, ses rues animées par la foule dans laquelle il essaie de découper sa propre démarche. Foule bariolée, juvénile et jacassante, malgré les attentats et l'horreur quotidienne. Silhouettes parfois fragiles, parfois grotesques qui resurgissent toujours aussi compactes à travers les vitrines opulentes et miraculeuses, les étalages redondants et surchargés. Passants avançant d'une démarche d'automates, figés, annelés, structurés, comme coulés dans l'acier ou le béton, congelés, à cause de leurs yeux, inexpressifs, ou étonnés et effrayés lorsqu'ils sortent indemnes d'un attentat à la voiture piégée. Ombres coupées au milieu d'un geste, découpées à l'approche d'un tramway poussif et brinquebalant, comme mû mécaniquement par quelque force colossale qui se matérialise aux yeux de Rac dans le gigantisme des constructions, la masse fondamentale des multiples et innombrables mosquées et de l'unique cathédrale.

Alger. Avec les structures imposantes de son architecture qui nage certaines nuits dans une lumière blafarde à cause des brouillards nocturnes, malgré l'éclairage électrique qui semble ne pas posséder en lui assez d'énergie liquide pour imposer la fluorescence de ses lampes, insuffler la vie à ces hommes et à ces femmes. Il avait l'impression que le choc qu'il subissait là n'avait pas de sens. Dans la mesure où il avait toujours pensé que ceux qui s'étaient chargés de diriger son pays depuis l'indépendance n'avaient jamais été des bâtisseurs avec la volonté visionnaire de fracasser l'espace, de l'ouvrir et de le projeter en perspective vertigineuse. Il n'avait pas prévu un tel exode, une telle surpopulation qui allaient encombrer les villes. Il ne s'attendait pas, à peine quelques années écoulées, à une telle agitation et à une telle gesticulation entrevues à travers des groupes compacts et serrés à l'heure de la sortie des bureaux et des écoles ou de la fermeture des magasins ; à travers des tramways bondés qui ne se contentaient pas de découper électriquement l'espace en y fusant comme des éclairs bleus mais qui provoquaient un tintamarre de vieilles ferrailles remettant en cause le silence consternant des foules disciplinées et lourdes ou leurs comportements désinvoltes et anarchiques ; traversant, ou pas, aux mêmes points de passage, réglant, ou pas, leurs mouvements selon les feux de signalisation et modelant, ou pas, leur vie selon des principes stricts et contraignants ou des principes désordonnés et chaotiques.

Mais tout cet agencement se trouvait confronté à sa propre facticité, non seulement par l'absence des tramways bruyants que l'on s'était empressé, quelques années après l'indépendance, de remplacer par des bus, pour faire moderne. Pour faire chic. Mais aussi par le grouillement dans l'espace de milliards de molécules et de particules portant en elles les germes d'une pesanteur qu'il lui restait à définir : vapeur d'eau s'échappant des égouts souterrains et bien camouflés. Pollution due certainement au condensé de fumée carbonique graduant l'atmosphère. Relents de latrines poisseuses s'accumulant en une nappe de brouillard épais presque aussi impalpable qu'une laine moisie se déposant sur les fruits et les légumes pourris. Le tout, et quelle qu'en soit l'origine, animé, aurait-on dit, par d'immatérielles contractions qui convergeaient vers la chape géante dressée au beau milieu de la principale place de la ville dans la suintante grisaille de l'hiver très court ou le flamboiement aveuglant de l'été trop long, comme un agrégat de couleurs plaqué sur la pierre en arêtes octogonales, telle une cuirasse bardée de nombreuses ogives superposées et compliquées : la cathédrale d'Alger, en forme de tente gigantesque.

Sans parler de ces sous-marins flottants, hôtels de luxe, buildings administratifs ou sièges ministériels, aux façades glabres, aux interminables lucarnes coincées entre deux couches de nuages qui ajoutaient à l'aspect titanesque de la ville une démesure supplémentaire et écrasante comme si une telle mégalopolis surpeuplée, grouillante, anarchique, déglinguée et souvent sale avait encore besoin de démontrer à ses yeux pleins de préjugés, de méfiance et d'orgueil un surplus de gigantisme balourd et prétentieux afin de le remettre irrémédiablement à sa place, de l'écraser de sa superbe et de sa grandiloquence tout entortillée dans ses dorures babyloniennes de couleur ocre, à la façon d'une étamine filandreuse et effilochée par le vert-de-gris des intempéries et les salissures de pigeons dont l'obésité le frappait. Rac se disait au cours de ses longues promenades à travers la ville : « Heureusement qu'il y a souvent du soleil pour inonder toutes ces saloperies... » Mais il regrettait les tramways jaunes d'antan.

Il marchait très vite, maintenant, lui qui, auparavant, ne savait que flâner, comme pris déjà par le mimétisme qui faisait de lui une sorte d'automate bien réglé, graissé, mis au point selon les normes universelles de ces cités interminables, grandies trop vite ; comme à la hâte ; sans plan préconçu. Il marchait vite et transpirait malgré le petit vent frais qui s'engouffrait sous son imperméable, lui frictionnait rugueusement la nuque, les oreilles et le nez ; « Ce n'est pas avec ça qu'ils vont m'avoir. Certainement pas. Ils ne m'auront pas vivant. Pas vivant ! J'agirai le premier... il faudra que je prenne contact avec le réseau et je ne veux surtout pas qu'on m'entraîne dans des palabres... ! Je veux agir, passer à l'action... » Rac voulait en fait créer des groupes armés. Mais il n'osait pas encore se l'avouer clairement.

Il arpentait souvent la ville, se faufilait à travers ces cohortes d'hommes et de femmes épuisés ou hagards, joyeux ou fascinés par cette agglomération de la pierre taillée, biseautée, ouvrage de tant de mains humaines déchirées par les travaux et la prétention de ceux qui s'entêtent à concevoir le pays comme une vaste et gigantesque réalisation dont l'aspect criard est érigé en dogme intransgressible. Rac se devait de connaître Alger dans ses détails les plus infimes et les plus secondaires pour échapper à un quelconque tueur qui pourrait le suivre ou le poursuivre. Il avait l'impression que la ville dégringolait vers la mer. De loin, elle a l'air un peu penchée. Il la sentait monter vers lui. Il percevait sa rumeur. Confuse. Élastique.

Elle semblait émaner de ce grouillement de détails agglomérés au premier plan, d'une façon si évidente. Criarde même. Puis la cité dégénérait peu à peu. Dégringolait progressivement, au fur et à mesure de la succession des plans. De plus en plus éloignés, brouillés, schématisés. Pointillés. Avalés par la mer. La ville avec ses frises superbes, ses escaliers incroyables, ses balconnets, ses terrasses, ses renflements, ses arabesques. Ville méditerranéenne, caricaturale avec le linge aux fenêtres, le surpeuplement dû à des démographies démentes, les rangées de balcons et les coupoles redondantes et nombreuses des mosquées. Les immeubles néomauresques semblaient poursuivre leurs reflets sur l'eau et sur les croupes des cargos venus du monde entier, avec leurs colonnes de marbre et leurs frontons dentelés de céramiques bleu passé et vert pâle. Rac a parfois l'impression affolante que les bateaux du port sont accrochés au-dessus des terrasses de la Casbah, sorte de dentelle effritée et fragile.

Le port harcèle la ville. Il l'imprègne et repousse la médina arabe vers le haut, comme vers Dieu, à travers ces escaliers fantastiques. Uniques au monde et qui ont toujours fasciné Rac qui n'avait jamais cessé de les photographier. Ils lui apparaissent dans leur élévation surprenante comme un surgissement vertical de ferraille et de fonte qui s'engouffre brutalement dans la matière du ciel, d'une façon hélicoïdale, mêlant l'ascension vers le haut et l'étalement dans la largeur, selon des formes spiralées et tire-bouchonnées qui chamboulent les éléments de la réalité et fracassent les données géométriques les plus élémentaires.

Puis de nouveau : le stade. Les gradins vides. Le terrain déserté. Le silence. Un silence relatif qui répond au tintamarre de voix et de crécelles, de hurlements et de vociférations, de grabuge et de sifflements, qui a débité son vacarme assourdissant durant tout le match. Rac était toujours à sa place, face au dessin du terrain et à la masse suspendue de la cabine des journalistes, comme une nef jetée dans le vide et immobilisée par la seule force de sa gravitation et de sa pesanteur. La main gauche à l'intérieur de la poche de son veston serrait toujours le petit revolver que la police avait fini par l'autoriser à porter, après plusieurs interventions d'amis qui le prenaient pour un doux illuminé, et qui allaient, pour certains d'entre eux, jusqu'à lui en vouloir de ne pas s'être exilé provisoirement en attendant des jours meilleurs. Il était outré par de tels propos et pensait, alors, faire comme son ami pianiste qui s'était brisé les dix doigts de ses deux mains pour porter le deuil de ses camarades assassinés.

Rac attendait, maintenant, le retour de Yamaha dans les gradins, avec son accoutrement prodigieux et son orchestration magistrale de la foule des supporters dévoués corps et âme à leur mascotte. En réalité, il ne s'était déplacé jusqu'au stade que pour admirer le grand officiant de cette cérémonie incantatoire dédiée à la gloire du C.R. Belcourt.

Score à la mi-temps : C.R. Belcourt : 2, Olympique de Médéa : 0.

5

Masque de vieillard. L'oncle Hocine imbécile, rusé et fourbe comme un cafard (de l'arabe *kafar* : mécréant, lâche...) ce qui lui avait valu son surnom de Kafard, auprès de tous les enfants de l'énorme famille ; et que Rac avait rencontré, un jour, par hasard, lors de ses pérégrinations interminables à travers la ville. Le vieil homme, qui l'avait reconnu malgré son déguisement, surveillait le moindre de ses gestes, le moindre tressaillement de son visage et le plus petit battement de paupière. Il jouait la surprise, l'étonnement, le rire paternaliste ; croyant que Rac était idiot, qu'il ignorait tout de ce magma d'affaires sales et familiales ; pas du tout au courant de toutes les aventures amoureuses et de toutes les frasques incroyables qui avaient été l'axe essentiel autour duquel avait tourné toute la vie de son père. Rac savait déjà que toutes les paroles que son oncle allait éructer, tous les gestes qu'il allait faire et tous les sous-entendus qui recouvriraient ses intentions n'étaient que de simples bavardages futiles ; de simples provocations inefficaces et inutiles qu'il lâchait pour combler le gouffre de la solitude dans lequel il était tombé et qui faisait comme une fissure profonde dans sa pauvre tête de vieillard sénile, minable, désœuvré, inconsistant et d'une méchanceté légendaire.

Il voulait, par ses discours, sa gesticulation et sa jovialité surfaite, amener hypocritement les questions difficiles, gênantes, incongrues. Elles lui brûlaient certainement les lèvres ou, plutôt, elles remplissaient sa bouche de mots, tels des vers grouillants, se bousculant frénétiquement. Pendant que son oncle lui faisait face, Rac s'enfonçait de plus en plus dans une indifférence ennuyée et muette ; il était alors presque capable de voir les mots jaillir, postillonner, sortir de la bouche du vieillard gâteux comme de la limaille de fer qu'il vomissait ou des bulles de savon qu'il dégorgeait. Rac était surtout vexé d'avoir été reconnu malgré son déguisement. Pour lui, son oncle était le sosie de Gustave, l'oncle de Flo, qu'elle détestait.

L'oncle Hocine, dit le Kafard, qui l'avait sournoisement débusqué, n'arrêtait pas d'aspirer les mots, de les avaler et de les mastiquer avec ses vieux chicots vert-de-gris et tartrés. Il n'arrêtait pas de couiner de façon nasillarde comme une vieille truie ou une vieille rate pleine, prise au piège ; disant : « On m'a dit que tu avais quelques soucis avec la vie... que veux-tu... c'était fatal... tu l'as un peu mérité... tu l'as un peu cherché, n'est-ce pas ? Mais il n'y a pas que toi qui portes ce nom-là... moi aussi j'ai le même... tu nous mets dans une situation impossible... le nom que tu portes n'est pas qu'à toi... tu comprends... c'est le nom de toute une famille... que dis-je ? Toute une tribu respectable et célèbre dans le pays... tu ne te rends pas compte ! Tu nous mets en danger... tu mets toute la famille en danger... et Flo... comment va Flo ? Franchement tu n'aurais pas dû... je n'ai jamais été d'accord avec cette relation... comment dis-tu ? concubinage, oui c'est ça... je n'ai jamais été d'accord pour que tu vives dans le péché, avec une étrangère ! Une roumie... certes gentille ! Mais une roumie quand même ! Une Française... est-ce qu'elle s'est convertie à l'islam au moins ! »

« Non, non... ce n'est pas grave. Ne t'inquiète pas... tu ne risques rien... tu oublies que tu as plus de quatre-vingt-trois ans... alors après tout ! Quant à Flo, oui elle s'est convertie au bouddhisme ! Elle est bien comme elle est... » Et l'oncle Hocine, comme si la foudre était tombée sur ses épaules rachitiques, ne comprenant rien, se mettait, alors, à marmonner des arguties cacophoniques, restait ainsi suspendu quelques secondes, stupéfait et perplexe. Puis il se reprit à la vitesse de l'éclair tant il était rusé et malin. Il éclata, brusquement, d'un rire bruyant, hystérique mais en réalité très paniqué, attirant ainsi sur eux l'attention, voire la réprobation des passants. Rac, ne sachant plus que faire devant ce déferlement de mots sardoniques, attendait patiemment que son oncle se calme un peu. Il se répétait : « C'est le sosie de Gustave, l'oncle de Flo. Incroyable cette ressemblance ! »

L'oncle Gustave lui aussi était un être odieux. Mesquin. Désemparé. Breton, il avait voulu faire l'École navale, mais fut refusé à cause de sa petite taille et du mal de mer dont il souffrait dès qu'il mettait le pied dans une barque, fût-ce sur un lac. Catholique borné et sournois il souhaitait une nombreuse progéniture dont il voulait faire des navigateurs célèbres et des explorateurs intrépides, mais il s'avéra stérile. Flo décrivait son oncle Gustave comme un homme totalement absent au monde, cultivant un cynisme de mauvais aloi d'autant plus inefficace que son entourage éprouvait envers lui une immense pitié. Indolent, abasourdi, prognathe, avec des yeux bleus et bridés de Chinois bizarre, il n'avait jamais mis un pied dans l'eau. N'avait jamais exposé le moindre centimètre de sa peau au soleil. L'été lorsqu'il s'installait dans un village de pêcheurs en Bretagne, il boudait pendant toute la période de villégiature et accablait Flo, qui le méprisait, de ses sarcasmes déplacés. Elle ressentait pour lui une sorte de compassion mêlée de haine.

Toujours placide, en surface, avec dans les yeux une fausse expression narquoise qui ne trompait personne tellement on y voyait sourdre un grand malaise, un désespoir terrifiant, une faiblesse pitoyable et une lâcheté incommensurable. Flo s'amusait à le laisser la regarder, la fixer de longues minutes de ses yeux bleu-gris métallisé. Elle y décelait une sorte de perplexité qui le rendait poignant. Mais elle ne l'aimait pas. A l'instar de l'oncle Hocine, il était le préféré de sa mère Jeanne-la-terrible. Quelques années plus tard quand Flo lui demanda de lui apprendre le latin qu'il maîtrisait parfaitement, Gustave refusa brutalement. Elle ne le lui pardonna jamais et sa compassion envers lui se transforma en aversion définitive.

Et l'oncle Hocine qui avait été gâté par sa mère, qui n'avait jamais travaillé de sa vie et qui avait toujours vécu aux crochets de toute la famille, changeant brusquement de sujet : « Et Henriette il paraît qu'elle est toujours vivante... mais momifiée... une vraie momie ! à ce qu'il paraît... ta belle-mère juive... et toi, tu veux toujours jouer les héros... depuis petit... tu as toujours voulu te distinguer... et Flo, t'as fait exprès de vivre avec elle dans le péché, eh ? Pour nous embêter quoi ! Mais elle est franç... »

Rac le coupant : « Française ? Tiens je ne le sais même plus... ni même quel est son âge ou son sexe... Flo, c'est autre chose qu'une nationalité ou un sexe... beaucoup plus ! oncle Hocine... tu peux pas comprendre... toi tu n'as aimé que ta maman ! »

Rac se rappelait alors les rapports troubles, voire louches que cet oncle ignoble (le Kafard) entretenait avec sa mère, l'énorme grand-mère qui était tellement obèse qu'elle ne pouvait pas marcher sans l'aide de ses servantes qui la déplaçaient de pièce en pièce ou, plutôt, de sa chambre à coucher à la cuisine où elle régentait la préparation des mets, des sauces, des tagines, des couscous, des pâtisseries, des sorbets, des loukoums, des halvas, des sirops, des orgeats, etc., qu'elle goûtait pendant qu'ils mitonnaient ou cuisaient, avec son index droit toujours enduit au henné et qu'elle stérilisait plusieurs fois par jour. Parce qu'en plus de son obésité, de sa méchanceté et de l'ambiguïté de ses rapports avec son fils l'oncle Hocine elle était d'une propreté pathologique et d'une maniaquerie maladive. Elle ne faisait donc que la cuisine et à force de tremper ou d'enfoncer son index dans les ragoûts, les sauces, les viandes grillées, les poulets à la vapeur, les poissons à l'étouffée, les couscous de toutes sortes, les feuilletés, les confits, les mélasses et les miels, elle en était arrivée à peser plus d'un quintal et demi.

Elle adorait donc l'oncle Hocine aussi obèse qu'elle, élevé dans son giron, entre ses mamelles et ses jupons, qui n'avait jamais rien fait de toute sa vie, adorant traîner dans l'énorme cuisine à côté de sa maman qu'il ne cessait d'embrasser, d'attoucher, de caresser et d'étreindre libidineusement et sans vergogne au vu et au su de tout le monde, des bonnes, et même des chats qui se pavanaient entre les fourneaux et les gigantesques marmites et que, zélé et avare, il chassait à grands coups de pied et à grands cris nasillards et maniérés pour grossir l'admiration de sa mère, toujours en pâmoison devant de telles prouesses, à tel point que la guerre entre le Kafard et les chats était restée légendaire dans toute la famille et faisait partie de son historiographie générale.

L'un des matous était tout noir et très orgueilleux. Il ne réclamait jamais à manger. Mais il surgissait brusquement dans la gigantesque cuisine et d'un seul coup de gueule il emportait ce qu'il y avait de meilleur : les sardines bleutées dont il raffolait. Juste un éclair noir, avec cette triple rayure bleue : le poisson entre les dents et les deux yeux très clairs, comme lui barrant la gueule. Il razziait en quelque sorte la terrible grand-mère au grand effroi de l'oncle Hocine qui se mettait à brailler, couiner et gesticuler comme un possédé. Vainement !

Pendant que le vieillard continuait à déblatérer, Rac se souvint de la pauvre femme, Henriette, sa belle-mère, celle qu'il préférait à toutes les autres épouses de son père, transformée en une structure osseuse recouverte de peau : sorte de carton mâché, transparent comme si son corps ne contenait plus les organes que l'on trouve habituellement dans tout corps humain mais une sorte de pâte de papier broyé qui, à l'origine, avait la forme des cartes postales envoyées par le père de Rac et qu'il avait lui-même collectionnées plus tard ; des lettres d'amour qu'il avait toujours détruites comme pour ne pas laisser de traces équivoques ; des factures qu'il avait toujours laissées s'accumuler sur son bureau, des chèques bancaires et des billets de banque que le patriarche envoyait à Henriette. Il refusa de la voir, après les deux années qu'avait duré leur idylle. Il évitait tout contact avec elle, mettait entre elle et lui cet énorme obstacle constitué de papiers divers, entassés, amassés, ficelés, afin qu'elle n'eût jamais l'idée de venir le voir, un jour, et d'exiger qu'il lui montre l'acte de mariage et l'acte de conversion à l'islam. Ils n'avaient jamais existé.

Rac debout, là, les bras ballants, face à cet oncle surnommé le Kafard, mauvais comme un scorpion, qui l'avait toujours fasciné, obsédé, imaginait la peau de cette belle-mère juive sous cette forme cellulosique et paperassière, comme un sac postal bourré de lettres, de cartes postales, de mandats-cartes et de chèques.

Puis l'oncle Hocine comme revenant à lui, alors qu'il n'a toujours pas cessé de parler, de blablater, de délirer pendant que, derrière lui, l'énorme horloge écrasait de sa rondeur, juste au-dessus de sa tête, l'édifice de la poste centrale, de style colonial néomauresque, disait : « ... Entre ta belle-mère juive et ta concubine chrétienne, tu... tu as fait fort... tu as voulu te distinguer, jouer les excentriques... imiter ton père quoi ! Petit déjà... tu as osé cracher sur un officier de l'armée française qui venait perquisitionner dans la maison... comme ton père qui fit la bêtise de gifler, quelques années auparavant, un colonel-major français en plein centre de Constantine... qu'est-ce que ça lui a rapporté, eh ? Dix ans de prison ! Toi aussi... tu as voulu l'imiter... quoi ! Jouer les héros... eh bien, te voilà servi... tu n'as pas à te plaindre... tu n'as que ce que tu mérites... et avec ça tu mets nos vies en danger... »

Il restait là, debout à pérorer, planté devant Rac qui le laissait dire, silencieux, glacial et fasciné par la bêtise de ce vieil imbécile, ancien collaborateur des autorités coloniales, mouchard, Kafard ! lèche-cul ; mais qui avait le génie de s'en sortir, toujours, indemne. Il restait là, sous les palmiers de la rue avec son pantalon bouffant de coutil entre le rouge et le gris, une vague couleur lie-de-vin ou plutôt rouille sans éclat particulier, décoloré et terne qui tuyautait autour de ses jambes que l'on devinait maigres, sans trop jurer de rien. L'autre reprenant, essoufflé : « Ton père... » A ce moment, Rac incapable de supporter d'autres âneries, d'autres méchancetés fielleuses, le planta là. Il lui tourna le dos et s'enfonça dans la cohue de la rue, traçant difficilement son chemin à travers la foule compacte. Marmonnant : « Mon père... mon père... ! Je t'emmerde ! vieux con... je... »

Rac avait toujours haï ce père qui avait passé sa vie à bourlinguer autour du monde, à papillonner autour des femmes et à faire du commerce comme on joue au poker. Mais il éprouvait pour lui une sorte de fascination, au point qu'après sa mort, il s'était mis à visiter les villes où le patriarche était passé. Dont Paris où il s'était rendu très jeune, dès 1930, et où fut assassiné son fils aîné en 1956. Paris avec ses rues, ses artères, ses ruelles, ses pigeons, ses chiens, ses habitants, ses dédales. Son métro ! Ce métro qui avait toujours envoûté Rac : des couloirs succédant aux couloirs avec une monotonie que rien ne vient contrarier pas même les affiches publicitaires se succédant elles aussi dans une invariabilité systématique vrillant la rétine affolée et superposant les images. Se poursuivant, se rattrapant, se chevauchant comme lorsqu'on regarde un objet en fermant un œil à demi et en laissant l'autre ouvert de telle manière que l'on a l'impression d'une multiplication à l'infini sous forme de spirales tressautantes alors que ni l'objet ni le sujet ne bougent. La même affiche collée à intervalles réguliers et représentant toujours la même scène vantant tel ou tel produit (PRODUCTO DE COLUMBIA. CAFÉ) et ainsi, sur de longues distances donnant un double vertige ; affiches placardées à droite et à gauche en attendant qu'un jour on en colle sur le plafond, sur le sol pour bien donner aux éventuels acheteurs l'impression qu'ils sont pris au piège et qu'ils ne peuvent rien faire qu'acheter et consommer (CHEZ NOUS LA NATURE EST RESTÉE NATURELLE. EN ALGÉRIE LES ORANGES ONT UN GOÛT D'ORANGE. ELLES POUSSENT SUR DES ORANGERS DANS DE VRAIS VERGERS) sans mesure. Ce qui est une façon comme une autre d'avoir confiance en soi et dans le cas contraire de se défouler à travers cette névrose boulimique de l'inassouvissement.

Rac, à arpenter ces couloirs, à suivre deux ou trois fois le même itinéraire, flanqué toujours de ses appareils photo encombrants qu'il serrait très fort, avait l'impression que toute sa vie y était résumée, microfilmiquement. Il butait constamment sur ces images de fromages, de détergents, de sauces tomates, de paysages exotiques, de plats cuisinés, de poêles à frire, de produits de maquillage, de papier hygiénique, de slips transparents, de soutiens-gorge affriolants, de tampons menstruels, de voyages extraordinaires (FAITES COMME ULYSSE VISITEZ L'ÎLE DES LOTOPHAGES : DJERBA) qui lui donnaient le vertige. Il ressentait un malaise devant toutes ces publicités que son père avait peut-être lues et ces dédales faramineux que son père avait certainement arpentés, il y a une cinquantaine d'années. (Paris 12-8-1930.)

Le temps passe. La fatigue s'agglutine au bas de sa nuque et au niveau du crâne. Il les voit, tous ces passants fatigués du métro et autres voyageurs pressés, comme à travers une opacité flasque d'où émerge une tristesse puisée dans cette indifférence qui les entoure. La foule piétine le sol, arrive à se mouvoir dans l'espace restreint comme mécaniquement d'une façon saccadée. Pour atteindre un tel degré de cohésion et de concordance, chaque élément de cette masse joue son rôle (balancement des bras, désarticulation, déhanchement, esquive, feinte, imbrication savante, arrêt brusque, claudication, piétinement individuel, simultané ou collectif) dénotant une organisation parfaite.

Retour au stade. Début de la deuxième mi-temps. Score inchangé selon la voix tonitruante et surexcitée du speaker :

C.R. Belcourt : 2   *Olympique de Médéa : 0*

6

Réveil aigre. Rac a l'impression d'avoir les poumons gelés, l'estomac bétonné. L'anxiété exacerbait un besoin de fumée âcre alors qu'il n'avait jamais fumé de sa vie ! Il avait de plus en plus la bougeotte. Il étouffait dans ces appartements où il s'enfermait de longues journées sans oser sortir. Il finissait par descendre, certains jours, à bout de nerfs, au bout de sa patience, dans les rues de cette ville dont il essayait de délimiter la topographie. Cela faisait partie de ses exercices mentaux et de sa vigilance. Une façon de ne pas s'encroûter dans cet appartement misérable d'où il a assisté, derrière une fenêtre, à cette fête populaire qui avait bousculé le couvre-feu, sous la férule de Yamaha, surprenante mascotte, perdu dans ses rêves, écrasé par sa passion pour son club, le C.R. Belcourt qui venait de gagner la coupe d'Algérie. Rac connaissait cette ville mieux que les flics et les chauffeurs de taxi. Il restait emmuré pendant des semaines. Se négligeait. Puis, il s'obligeait à une discipline presque quotidienne, quitter son lit, se raser, se doucher, s'habiller, se déguiser pour aller vadrouiller tout son soûl, honorer, parfois, ses rendez-vous.

L'atmosphère sordide de cette chambre se dilue avec l'arrivée du matin. Réveil pénible. Il a le temps : sept heures trente à son poignet. Fluctuation dans sa tête des mots qu'il voulait assener, mais l'écoulement de la peur dans ses veines est encore plus violent. Odeur d'iode et de sel humide, arrivés de la mer. Relents apportés par le vent des cités pauvres, grouillantes, jonchées d'ordures, inondées par les eaux usées, nauséabondes. Cités pauvres où les habitants se meurent à petit feu à cause du chômage, de l'ennui, de la misère et de la ribambelle de gosses dont ils ont la charge. Et maintenant à cause du terrorisme. Rac est nerveux et fébrile. Une quinte de toux lui écorche la gorge. Pas question de ne pas aller au rendez-vous ! Depuis le début de sa vie clandestine, il n'arrête pas de se lancer des défis : il laisse s'empiler les cartouches de cigarettes sans jamais en fumer une. Il stocke les bouteilles d'alcool sans en boire une goutte. Il remplit le réfrigérateur de plats cuisinés par ses soins mais il n'y touche jamais. Comme s'il voulait se prouver quelque chose.

Quoi au juste ? se demandait Flo. Résister à toute tentation qui puisse atténuer la peur. Ne pas craquer. Tenir le coup à l'intérieur de sa propre peur ! répondait Rac.

Il se lève et tout nu urine dans le lavabo. Comme il le faisait par provocation quand il était adolescent. Il se sent délesté d'un fardeau très lourd, mais la nausée est toujours là. Il bande. Son sexe dur entre les doigts, il reste là, surpris, le regard hagard, comme si un corps de femme voluptueuse était à portée de sa main qu'il serre de plus en plus fort pour maîtriser non pas son désir mais cette érection inopportune, ridicule et grotesque au moment où il a fini par bondir de son lit tiède et moite, puant le crin insalubre et humidifié par la sueur et les cauchemars de tant de corps qui, avant lui, s'y sont étendus, ont fait semblant d'y dormir, de faire l'amour ou de se masturber...

Comme s'il y avait, à portée de sa main, une femme à la chair ferme, odorante et glabre, au sexe épilé et lisse, s'étirant suggestivement, langoureusement. Des siècles qu'il n'a pas vu Flo. Des siècles qu'il n'a pas fait l'amour. Il est de plus en plus tenté par des femmes qu'il ne connaît pas. Dont il ne veut même pas savoir le prénom. Rien. Comme avec les prostituées. Des rencontres brèves et anonymes. Des étreintes rapides. Des positions excitantes. Vite ! Rien d'autre. Comme s'il voulait s'enfoncer encore plus dans cet anonymat, cette clandestinité, cette déchéance. Aller certains jours, jusqu'au bout de la perversion et de la dépravation. Il sent que cette envie d'une femme anonyme devient peu à peu un besoin étrange et pervers. Comme l'envie de fumer qui le taraude alors qu'il n'a jamais fumé de sa vie ! Il a peur. Il imagine une chair ferme où les grains de la peau grouillants et fourmillants forment un tissu ou plutôt une surface tissée ton sur ton, liés par des cercles concentriques, s'éparpillant dans le sens de la largeur, à travers un malentendu affolant le laissant inondé de sueur. Il reste là, hébété, le sexe entre les doigts, pris d'une frénésie qui oblitère ses paupières avec des visions sériant l'atmosphère épaisse de la chambre où il se sent menacé par la tentation douloureuse d'un acte solitaire qui lui répugnerait, alors que s'accumule dans sa tête tout un bruitage spécifique : tapage de la rue, cris d'enfants, roucoulements de pigeons lourdauds, rires de femmes sublimes.

Déferlement des trains qui partent et arrivent de la gare centrale toute proche, tohu-bohu modulé sur des rythmes qui fracassent l'espace. Voix gutturales transformées par la peur et l'effroi. Soupirs alanguis, rêvés ou entr'aperçus dans des films de dixième catégorie. Bribes de phrases concassées. Vacarmes de la vraie vie. Et lui, reste là, debout face au lavabo, son sexe dur entre les doigts : « C'est la peur... ça ne peut être que la peur... tant qu'il s'agissait de servir de boîte aux lettres, de passer une arme à quelqu'un d'autre, de trouver des planques aux copains... mais de là à organiser des groupes armés, c'est autre chose... ça me répugne! mais... c'est certainement la peur, l'indécision... » Il sent sous son crâne comme une toile rêche qui se déchire et écorche son cuir chevelu. Il se juge arrogant et lamentable, à la fois. Plein de désir et de dégoût. Ses pensées désordonnées portent en elles les traces de la mort. Il est las. Il a l'impression d'avoir les bronches douloureuses d'un asthmatique. Il tâte son visage et parcourt de l'index ses cernes et ses rides. Il se trouve lâche et héroïque, veule et orgueilleux, bravache et modeste, tout à la fois.

La ville de son adolescence lui dégringole, à nouveau, sur la tête. Sa mémoire de plus en plus nostalgique, de plus en plus sur le qui-vive, le fatigue. Ruelles étroites de la médina de Bône avec ses dédales comme un relent fétide de l'histoire; avec les portes bleues et les portes vertes; avec les fenêtres grillagées en fer forgé où les femmes ne vont que rarement jusqu'au bout de leurs corps; avec les patios dont les murs sont recouverts de faïence andalouse vert pâle et bleu passé; avec la mémoire des premières amours dans la maison de l'un de ses oncles qui tenait la comptabilité du père propriétaire d'un tas d'affaires.

Alger : 26 mai 1995

Bône monte et descend de la toiture du port à la dentelle des murailles, où jadis se profilait l'ombre d'une citadelle turque transformée ensuite par les Français qui ornèrent sa cour d'une magnifique guillotine où furent suppliciées tant de personnes. Yamaha aussi, qui fut assassiné ! il y a quelques jours à Alger, après une semaine de liesse et de folie collectives. Yamaha abattu de deux balles dans la tête, dans une ruelle de son quartier, encore tout à sa gloire d'avoir gagné la coupe d'Algérie.

L'enterrement de Yamaha, la mascotte grandiose, pitoyable et indescriptible du C.R. Belcourt, fut mémorable. Le deuil frappa particulièrement les femmes de ce quartier populaire qui s'était habitué à sa dégaine, ses facéties, ses jeux de mots et ses accoutrements chamarrés et somptueux. Elles n'arrêtèrent pas, pendant des semaines, de pleurer la victime. Elles ameutaient les femmes des quartiers voisins qui arrivaient à la rescousse pour maintenir le deuil et l'affliction. Certaines se lacéraient le visage jusqu'au sang, sitôt franchi le seuil du cimetière où se trouvait la tombe de Yamaha qui croulait sous les fleurs de tous ceux qu'un tel crime révoltait. Et, dès que la nouvelle de son assassinat fut connue, la maison de sa famille avait été envahie par une foule de gens de tout âge et de toute condition.

Mercredi, dix heures. Le port, agressé par

tant de structures et de constructions géométriques rendues mythiques par la proximité du large, prenait des contours si aigus que la plupart de ceux qui formaient l'énorme foule portaient des lunettes de soleil. Les supporters du C.R. Belcourt en costumes stricts et cravates noires, malgré la chaleur, s'écrasaient autour du cercueil entouré par les chanteurs de Coran qui récitaient d'une belle voix des sourates parfois belliqueuses et coléreuses, apaisantes et pacifiques d'autres fois. Quelques fumeurs de kif étaient parvenus à passer en tête du cortège, sans encombre et avec beaucoup d'habileté, ravagés par le chagrin et l'horreur. Ils n'étaient là, tous ces chômeurs, ces voyous, ces gens pauvres, que pour porter le cercueil de leur idole et exprimer ainsi leur haine des intégristes ; ne serait-ce que sur quelques mètres. Ils s'impatientaient, pourtant, de tant de rites ennuyeux et absurdes alors que la rage les suffoquait et que la douleur sourdait de leurs corps tétanisés, épuisés et écrasés par l'injustice d'un tel acte odieux, d'un tel crime inconcevable. Révoltant.

La foule grondait de colère. Elle ne pouvait plus saisir l'image du mort. Dans l'opacité de ce flot humain, les jeunes supporters se sentaient fourvoyés, floués et trompés. Ils luttaient contre l'envie de pleurer et cachaient leur désespoir en se fichant dans la bouche une cigarette de kif miraculeuse et mal roulée mais sans aucun effet sur le chagrin qui les rongeait. Le cortège interminable escaladait, maintenant, une longue et terrible côte qui menait au cimetière, et ne cessait de scander des mots d'ordre contre les tueurs lâches, veules et fourbes.

Rac se rappela les obsèques de son frère aîné décédé en 1956. Le même rituel. Les mêmes mots. La même atmosphère. Presque le même port. La même chaleur, à coup sûr. Cette similitude était tellement forte qu'elle était de l'ordre de la paramnésie et de l'hallucination. Rac avait tout juste quinze ans. C'est après cet événement que sa famille quitta Constantine pour s'installer à Bône. Simple coïncidence ou décision prise à la suite de ce malheur ? Rac ne le sut jamais.

7

Rac apprit l'assassinat de Yamaha par les journaux du soir. Il en conçut un immense chagrin et pleura toutes les larmes de son corps, lui qui n'avait jamais pleuré pour le meurtre de ses amis les plus proches, ni à la mort de sa mère qu'il adorait. Il pensa se suicider avec ce pistolet censé le protéger. Il tritura la capsule de cyanure que Flo lui avait donnée, pendant de longues heures. Il réfléchit sur la façon de l'avaler. Avec ou sans eau. Il ressentit une vraie tristesse comme il n'en avait pas eu depuis longtemps. Il se croyait à l'abri de telles choses. Il refusa de répondre au téléphone. Finit par le débrancher. Lorgna longuement une bouteille de whisky intacte mais ne la toucha pas. Prit une cigarette, la mit dans sa bouche mais ne l'alluma pas. Sortit un plat de viande du réfrigérateur, le réchauffa mais ne mangea pas.

Alger : 26 mai 1995

Il passa la nuit enveloppé dans une couverture, assis dans le couloir, à même le sol, le pistolet pointé sur la porte d'entrée et la capsule de cyanure à portée de la main. Comme s'il craignait, superstitieusement, d'être assassiné le même jour que Yamaha. Géniale mascotte inoffensive dans laquelle des petites crapules pégreuses avaient logé deux ou trois balles parce qu'il avait osé symboliser le bouffon des gens de sa condition. Sympathique et orgueilleux.

Rac voulait maintenant constituer un réseau plus efficace. Des copains décidés. « Des femmes. Surtout des femmes. Elles n'ont peur de rien. C'est incroyable ! Mais elles n'ont vraiment peur de rien. Pourquoi sont-elles si courageuses ? Elles seules, dans cette situation, sont capables d'aller au bout d'elles-mêmes ! » Il voulait banaliser sa propre mort. Et surtout celle des autres. Le plus difficile. C'est là que ça coince. La mort des autres ! Les enterrements des autres. L'absence de chagrin devenue insupportable mais qu'il fallait continuer à cultiver. Comme il lui fallait maintenant cultiver cette notion, encore floue, de l'inconscience désinvolte, jusqu'au bout, après le meurtre de Yamaha exécuté par deux fripouilles qui avaient criblé son corps de nabot talentueux et généreux. Deux ou trois balles logées dans cette tête prognathe, si lourde à porter. Depuis cet attentat, Rac ne savait plus, quand il dormait, comment doser ses rêves pour ne pas tomber dans l'hallucination, la paramnésie, l'extravagance ou l'extralucidité de ceux qui sont très proches de la mort. Mais en vain.

Il faisait, maintenant, trop souvent, des rêves érotiques dont il avait perdu l'habitude depuis son adolescence. Il pénétrait plusieurs femmes, enfonçait les aiguilles de sa passion furibonde et furieuse dans des fentes à l'alacrité forte. Cela se passait invariablement au cours des canicules étouffantes et moites. Il retenait son souffle au-dessus des hanches glabres et des cuisses élevées au-dessus de la calcination pubienne comme d'antiques cuirasses. Il injectait sa semence dans la blessure du monde, à la fois son origine et son désastre, sa soudure et son démembrement. Ainsi il retombait dans une sorte d'adolescence précaire. Des autres maisons, des voix lui parvenaient qui, elles aussi, ignoraient comment doser le rêve et s'agglutiner dans les membranes dilatoires du sommeil. Elles se rabrouaient dans la gadoue des sens et des désirs hallucinés par d'épouvantables représentations. Au lieu de délimiter le corps à ses propres contours, de le limiter dans ses simples rouages, de le limer dans ce qu'il a de plus désespérant et de plus pitoyable, d'effacer ses protubérances débordant d'excréments, de vomissures, de sperme et de la poisse indélébile de l'exil à l'intérieur de soi-même.

Alger : 26 mai 1995

Mais Rac savait, intuitivement, reprendre souffle, se concentrer. Il arrivait alors à ne faire que des rêves agréables, enfantins. Envols de phalènes mouchetés au rebord des lampes à carbure montées sur un socle en cuivre massif. Déversement d'hirondelles acrobatiques dans la cour de la maison familiale où il lui suffisait d'ouvrir les narines pour sentir qu'elles allaient guetter les petits poissons du fleuve, lignes de convergence entre l'écume de la mer et la mousse du jardin. Portiques hantés par une vague image du père insaisissable, toujours en voyage, pris de tournis et dévoré par une sorte d'inassouvissement atroce. Attentes grelottantes des filles dont il était amoureux à travers les réseaux frais de l'adolescence. Parties de football où les phases de jeu sont des fusains graciles et japonais. Anonnement des tracts d'un vieil oncle communiste et malicieux pendant la guerre d'Algérie. Amitiés ouvertes sur des mots bavards qui s'embuent dans la bouche des copains pris d'ivresse au moment où leurs verres s'échouent entre leurs mains. Naufrages d'exilés intérieurs dans les planques où ils imbibent leur foie d'alcool. Beuveries monstres dans les gargotes du port à rebords de zinc glaireux et qui sentent les têtes de moutons grillées, les sardines, les rougets frits et les relents d'anisette. Camarades devenus dépressifs, maintenant, fermés sur leur absence et perdus dans des soliloques sur des quais de gare parce qu'ils ont peur de dormir dans un lieu fermé. A l'image d'un de ses amis, pianiste réputé, qui, tombé dans la dépression et la culpabilité de n'avoir pas été assassiné par les terroristes, s'était brisé les doigts des deux mains pour ne plus jamais jouer du piano et porter, à sa façon, le deuil de ses amis assassinés.

Il faisait aussi des rêves nostalgiques qui l'amenaient à travers les dédales de l'école primaire où l'affolaient, très jeune, les broderies multicolores des atlas sur lesquels il aimait promener son index. Réminiscences d'une merveilleuse institutrice française qui voulait qu'il enlève sa chéchia en classe. Ce qu'il n'avait jamais voulu faire, lui menant une guerre d'usure jusqu'au jour où, la sachant malade, il cassa sa tirelire, acheta une dizaine de roses et alla sonner crânement à sa porte. Il la bouleversa parce qu'il avait été le seul à penser aller lui rendre visite. Elle se réconcilia du coup avec lui et l'autorisa à garder sa chéchia rouge pivoine sur la tête, jusqu'à ce qu'il décide de s'en séparer et se rase le crâne en signe de connivence comme un pacte de paix signé unilatéralement.

Rac savait qu'il faisait, souvent, le rapprochement entre sa vieille institutrice et Marie, la mère de Flo, qui avait été, aussi, une excellente enseignante, débordée par la médiocrité de sa vie et dévorée par la hargne de sa mère.

Alger : 26 mai 1995

Il y avait, encore, les femmes aimées tendrement, à tâtons d'abord parce qu'il n'avait pas l'habitude, puis sérieusement dès qu'il connut Flo, à travers les sédiments coagulés des veines qu'il s'était ouvertes, à seize ans, à la suite d'un grand chagrin d'amour et des comportements odieux de son ignoble père. Chagrin d'amour. Le premier et le dernier. Puisque ensuite, il entra dans la passion de Flo et décida d'oublier les boursouflures grotesques de ses rengaines sentimentales, à tel point que quand il rêvait de sa compagne, il n'arrivait plus à se rappeler son vrai prénom. Flo n'était, en effet, qu'un pseudonyme ou quelque chose de semblable en tout cas. Flo, avec qui il avait vécu plusieurs années de bonheur intense et tranquille, à la fois, durant lesquelles elle lui avait appris à jouer médiocrement sur un vrai piano à queue. Il s'était du coup décidé à l'initier à la calligraphie selon les préceptes de son défunt maître coranique, spécialiste aussi de l'écriture cabalistique, de la fabrication de talismans et de la rédaction de lettres pour les analphabètes du quartier. Flo adorée à travers la métallurgie des chambres rouillées par l'obscurité des jours d'hiver plombés, gris, immobiles et qui s'endormait sur un tapis de haute laine, les genoux entre les seins, dans une perfection d'ellipse.

Lieux – aussi – où Flo avait bourlingué à peine adolescente. Elle s'était débarrassée très vite de la pesanteur de cette chape de plomb qu'était la guerre coloniale. Premières grèves politiques et premières manifestations, à Paris : le carnage du métro Charonne en février 1962 ; le massacre d'octobre de l'année précédente. Flo y était. Encore lycéenne, elle se battait pour l'indépendance de l'Algérie. Comme si elle avait voulu imiter son propre père qui fut fait prisonnier par les Allemands à la débâcle de 1940. S'évada. Rejoignit un maquis en Côte-d'Or. Finit sénateur à la Libération. Flo rompit avec lui en 1960. Il était un fervent partisan de l'Algérie française. C'était un comble pour elle. Lui, le héros de la résistance contre l'occupation allemande, était contre la rébellion algérienne ! Elle n'avait pas compris. Ne le pouvait pas.

Flo rompit aussi avec sa mère délaissée par le sénateur mais qui partageait son opinion au sujet de l'Algérie. Déboussolée et incomprise, la jeune fille se tourna vers l'un de ses deux oncles, Jean, jumeau de sa mère, qui à vingt ans fugua en Tunisie pour fuir sa propre mère, l'horrible haridelle qui ne cessait de dire partout qu'elle avait perdu son mari à Verdun parce que les jumeaux qu'elle portait dans son ventre à ce moment-là lui avaient jeté un mauvais sort et donné la poisse pour le restant de sa médiocre vie. Elle les accusait tout bonnement d'être la cause de la disparition de leur père dans la boue des tranchées. L'oncle de Flo revint de Tunisie avec un diplôme d'ingénieur agronome, un fennec, un luth, une chéchia et une parfaite connaissance de la langue arabe. Elle trouva en lui un complice, lui le fervent anarchiste et l'excentrique désabusé qui avait participé à la bataille de Monte Cassino et enterré des centaines d'Algériens, morts pour la France. Une France que Flo, très jeune et si peu politisée, trouvait très ingrate.

L'indépendance proclamée, Flo qui n'avait pas vingt ans débarqua à Alger, au grand dam de Marie, sa mère, qui ne la comprenait plus. Jeanne, sa grand-mère, lui prédit qu'elle serait mangée par les Arabes. Son oncle Jean l'approuva. Il fut le seul. Gustave, l'oncle honni, n'osa pas l'affronter mais il avait envoyé une lettre anonyme à la police pour dénoncer sa nièce comme une terroriste travaillant pour le compte du F.L.N. L'affaire n'eut pas de suite. Elle ne fut au courant de cette dénonciation calamiteuse que vingt ans plus tard par son oncle Jean mis lui-même dans la confidence par son frère délateur, au cours d'une soirée pendant laquelle ils avaient beaucoup bu.

Quelques jours après l'enterrement de Yamaha, Rac téléphona à Flo, morte de peur, parce que sans nouvelles de lui depuis une semaine. Il fit des plaisanteries sur les dents de son amant. Elle les trouva mauvaises et finit par rire de sa jalousie. Il se dérida. Il raconta les funérailles grandioses que les gens avaient organisées pour l'enterrement de la mascotte du C.R. Belcourt. Il avoua à Flo qu'il n'y avait pas assisté mais qu'il avait entendu et lu tout ce qui avait été dit et écrit sur la façon dont la mascotte avait été exécutée et enterrée.

La planque provisoire suinte la peur et l'angoisse. Rac se sent dans la peau d'un condamné à mort dont la peur éclate brusquement et immuablement vers trois heures du matin et le réveille en sursaut. Il se dépêche de penser aux cages où sa mère donnait des cours de musique aux canaris nouveau-nés. Les années de bonheur passées à Bône, à Constantine et à Alger resurgissaient. Ses crises d'asthme contracté le jour où il reçut la nouvelle de sa condamnation à mort par les intégristes, aussi. C'est à ces moments-là qu'il avait des fous rires irrépressibles qu'il savait d'origine hystérique ; une forme de panique à l'envers. Mais il assumait tout cela avec une certaine sérénité empreinte de détachement et d'ironie vis-à-vis de lui-même et des autres. C'était sa façon de cultiver cette inconscience désinvolte qui restait un concept très flou pour Flo comme pour lui-même. Pour être plus fort. Plus dur. Il avait aussi appris à doser sa dérision.

Il rêvait de temps à autre que Yamaha, dont l'image l'obsédait et dont l'assassinat le révulsait, entrait dans sa chambre pour lui emprunter son burnous d'hiver en poil de chameau. Il savait trouver en lui le ressort pour le mettre délicatement à la porte et déployer un tas d'astuces pour se sortir de telles situations épouvantables. Il hallucinait calmement, sereinement, avec désinvolture, disait-il à Flo. Parfois il allait avec quelque hésitation se réfugier dans les rues ensoleillées de Bône, la ville de son adolescence, ou de Constantine sa ville natale où il aimait chiner dans les souks qui croulaient sous leurs tissus tavelés, leurs soieries diaprées, leurs velours damascènes et leurs percales persanes. Il se protégeait ainsi de l'ennui et des mauvaises tentations que lui suggéraient ses copains. Enfin quand la planque où il se terrait devenait trop étroite il dérivait vers les ports sublimés de sa jeunesse, avec leurs implications de gréements fracassés et de soûleries monstres en compagnie de marins débarqués du monde entier. C'est à cette époque qu'il prit goût aux langues étrangères et se mit à baragouiner un peu le chinois et beaucoup le maltais.

Rac passait, aussi, ses nuits insomniaques à revivre les péripéties de cette finale de la coupe d'Algérie. Le match de football était resté comme un souvenir accroché quelque part entre passes latérales et déviations affolantes du ballon. Entre feintes de corps et dribles vertigineux. Entre passes en sous-pieds et tirs fulgurants trouant les filets du goal toujours perplexe, en colère, en détresse. A ce moment l'appartement devenait supportable, la solitude gérable, la peur maîtrisable. Il n'était plus nulle part. Amnésie des jours où il a pointé son revolver contre sa tempe. Fracture de la mémoire sur la tentation de la mort par le cyanure. Le terrain de football devenait un espace très vert, une gaze transparente et végétale sur laquelle courent les vingt-deux joueurs et les trois hommes de l'arbitrage. Le tout sur fond sonore et bruitage insupportable de la foule en délire subjuguée par l'incroyable autorité de Yamaha.

Un matin, Rac se réveilla tôt dans une nouvelle planque plus sordide que la précédente. Un réduit insalubre et sans confort. Il se rasa méthodiquement, faisant attention à ne pas se couper, comme s'il rasait quelqu'un d'autre, faute de glace et parce que la vitre de l'unique fenêtre ne pouvait réfléchir son visage tant elle était sale. Tout en faisant passer le rasoir sur la mousse de savon dont sa joue était enduite, il s'efforçait de ne pas se laisser envahir par la lâcheté ou par la peur. Mais l'idée qu'il pouvait tomber dans les pièges scabreux de la mise à mort rituelle et sadique ne le quittait pas. L'attente de sa propre mort qu'il savait inéluctable l'obligeait à suivre n'importe quelle idée capable de l'éloigner de son angoisse. Ce qu'il voulait, c'était mourir sans agonie. L'idée du suicide s'installait alors en lui comme une évidence tranquille qui le soulageait de tous ses tiraillements et de toutes ses hésitations. Cependant, il était convaincu que son visage aux traits si fatigués ne perdait sa veulerie d'homme recherché par ses assassins et n'acquérait une certaine noblesse que lorsqu'il avait les tripes nouées et qu'il se détruisait dans une volupté due à la peur qu'il avait de lui-même et de ce qu'il serait capable de faire. Cultiver l'inconscience et la désinvolture, se répétait-il. En fait il crevait de trouille.

Rac n'ouvrait jamais sa porte en dehors des rendez-vous précis, à la minute près. Un jour on frappa chez lui. On sonna plusieurs fois. On insista. Rac derrière la porte crut voir bouger la clé dans la serrure. Il crut aussi qu'il y avait plusieurs personnes. Il fut pris d'une panique tétanisante. C'était la première fois que cela lui arrivait. Il était transi de peur. Son pistolet lui semblait trop lourd. Il suait à grosses gouttes froides. Il craignait d'avaler sa capsule de cyanure. Puis exaspéré, il ouvrit brusquement la porte, tenant son pistolet à deux mains, braqué droit devant lui. Ce n'était que son frère cadet qui venait lui rendre visite, sans avoir téléphoné auparavant. Il resta malade plusieurs jours, à l'idée qu'il aurait pu abattre son cadet. Rac depuis cinq ans avait épuisé tous les moyens de creuser la distance entre le désir et la volonté du passage à l'acte. Il décida de faire de même avec le projet qu'il voulait réaliser : l'organisation d'un réseau armé d'autoprotection. Il pressentait que ce genre d'organisation allait l'obliger à se confronter, encore plus, à la mort, aussi bien la sienne que celle de celui qui pourrait être sa cible : l'un de ces lamentables tueurs qui viendrait pour l'exécuter de quelques balles ou l'égorger sadiquement avec un couteau à lame rouillée pour mieux le faire souffrir et pour obéir aux prêches des petits chefs intégristes et des minables commanditaires qui ne cessaient d'encourager leurs hommes de main à persévérer dans de telles pratiques barbares ; alors qu'ils avaient perdu la partie, se rendaient par centaines, et une fois pris, imploraient la pitié qu'ils n'avaient jamais éprouvée pour les autres.

Le réseau dont il faisait partie voulait maintenant et sur son insistance se constituer en groupe d'autodéfense. Flo n'était pas d'accord. Elle craignait qu'une sorte de vision fasciste du monde ne s'installât dans l'esprit de Rac et de ses amis. Des discussions interminables s'ensuivaient. Difficiles, stériles et éprouvantes pour les nerfs. Avec beaucoup d'agressivité Rac défendait le projet. « Être fasciste, c'est aller vers son bourreau avec un bouquet de fleurs, hurlait-il. L'histoire récente est là pour le prouver. Plus on joue les agneaux expiatoires et consentants et plus le tueur est déchaîné, dément et sadique.

Alger : 26 mai 1995

Notre lâcheté et notre passivité ne peuvent que convaincre ces pauvres gamins transformés en assassins qu'ils ont raison... il faut nous organiser... il n'y a pas de risque de guerre civile... des sornettes... il y a nécessité de nous protéger... chaque assassinat est une humiliation pour nous, pour les autres, pour le monde entier. L'assassinat de Yamaha aussi. On l'a tué parce qu'il a donné un coup de pouce à l'histoire... parce qu'il a brisé le cercle de la peur... »

FINALE DE LA COUPE D'ALGÉRIE : L'APOTHÉOSE DU C.R. BELCOURT QUI L'EMPORTE 2 À 0 SUR L'OLYMPIQUE DE MÉDÉA. ALGER EN LIESSE. ALGER EN FÊTE.

Deuxième partie

CONSTANTINE : 26 JUIN 1995

1

Constantine : 26 juin 1995. Crépi ocre des maisons. Falaises argileuses surplombant les gorges profondes du Rhumel. Fumets de têtes d'agneau grillées en plein air. Odeurs de musc et d'ail. Relents d'urine, aussi, à cause des ânes nombreux dans les ruelles trop étroites de la Casbah et qu'on utilise pour le ramassage des ordures. Grondement des eaux jaunes et boueuses du torrent qui hurle dans ces gouffres vertigineux, en plein centre de la ville, au-dessous d'un pont emblématique, suspendu et métallique. Aubaine pour les suicidaires intraitables et farouches et les vents coulis et calamiteux qui le font se balancer dans le vide. Vacarme dans le soleil. Un chat hume son ombre et se déhanche lascivement à l'intérieur d'un espace rétréci par le flamboiement de la terrasse familiale d'où Rac domine toute la ville juchée à 958 mètres d'altitude, avec la médina entortillée, le défilé du Rhumel et l'architecture, comme jetée dans le vide, de l'université qui fracasse l'espace urbain : un cône gigantesque coincé contre une énorme coupole dont la rondeur écrase un carré en verre rigide de vingt étages, œuvre d'un architecte brésilien et surdoué.

Sur la terrasse l'air est dru, dur et sec mais comme embué, grenu et poussiéreux. Sécheresse et mollesse. Rac n'a pas peur ce jour-là. L'ensemble des objets qui l'entourent dégage une odeur agréable de moisi et de vieux bois vermoulu. Ils se noient comme malgré eux dans une pénombre artificielle qui affole les yeux. Tout se confond et s'enchevêtre autour d'un axe flottant çà et là, instable et impossible à repérer, un peu plus loin. Impression d'un désordre incommensurable. Mais qui va venir à bout de tout ce bric-à-brac inutile et jeté pêle-mêle dans l'espace qu'il fracture, désarticule et fractionne à l'infini, dans un bouillonnement de la matière ? Le chat noir et sauvage n'en a cure, lui !

Constantine, 26 juin 1995. Temps chaud. Température à midi : 32°. Nombre d'heures d'ensoleillement : 15. Rac quitte la maison ancestrale et se hâte vers le centre-ville. Chaleur comme verticale. Sèche. Filaments des ampoules comme tordus par le bombardement solaire.

Constantine : 26 juin 1995

Avant de descendre dans le passage souterrain qui traverse la place centrale, de bout en bout, il remarque que les arbres sont plus branchus qu'à Alger, avec cette profusion de la sève exubérante dont la circulation va dans tous les sens, à travers les artères profondément souterraines. Les feuilles éclatent çà et là sous forme de protubérances lumineusement vertes qui tissent leurs trajectoires le long des branches gorgées de l'averse fugitive de la veille et du soleil brûlant de la journée débutant très tôt. Ce jour-là, le soleil s'est levé à quatre heures vingt-deux.

Rac allait souvent à Constantine, sa ville natale, où il retrouvait avec beaucoup de bonheur la chambre où il passa une grande partie de son enfance. Elle donnait sur le jardin où trônait l'immense mûrier dont les branches touchaient ou, plutôt, éraflaient les vitres de la fenêtre de cette pièce qu'il aimait tant. Il s'installait dans la grande maison familiale vidée de tous ses habitants dont Henriette, sa belle-mère d'origine juive, qui se mourait tout doucement d'un cancer trop lent et pernicieux, installée maintenant chez son fils aîné à Bône. Il lui fallait être très mobile pour brouiller les pistes devant des tueurs décidés à le liquider de la façon la plus barbare. Il passait son temps entre Alger, Constantine, Bône et l'étranger. C'était la seule et adéquate façon pour compliquer la tâche de la horde des assassins (de l'arabe *has-*

hashin XIIIe siècle : fumeurs de hashish, secte de tueurs mystiques connus pour leur cruauté et agissant sous l'effet de la drogue). C'est là, dans cette maison constantinoise, qu'il prépara paresseusement son baccalauréat alors que la famille était déjà installée à Bône. Il avait l'impression d'exister concrètement, surtout les longs soirs d'été quand il travaillait tard dans la nuit, face à l'opulence verte du vieux mûrier qui pénétrait, grâce à ses branches abondamment feuillues, dans la petite pièce, juste contre son visage. Ce qui donnait au lieu une atmosphère d'aquarium où nagent des poissons verts, à cause, peut-être, du vent faisant bouger les rameaux qui envahissaient la pièce, lorsqu'il allumait sa lampe de bureau. Une sorte de phosphorescence imprégnait la verdure d'une coloration foncée qui rendait l'air plus embaumé et plus élastique. L'arbre palpitait sous l'effet de la brise qui soufflait très agréablement durant tout le mois de mai et la première quinzaine de juin, dès la tombée de la nuit.

C'est-à-dire juste avant que l'été ne s'installe définitivement et que la canicule ne vienne dessécher tout, jusqu'à la ville qui perdait ses notables arabes et ses habitants européens et juifs partis vers des climats lointains plus propices, ou vers les stations balnéaires de la côte où ils aimaient se regrouper à l'exclusion de tout intrus indigène. Cette période du début de juin coïncidait avec la préparation intensive de l'ultime examen qui marquait la fin de ses études dans le lycée où il était l'un des rares Algériens à avoir le privilège de suivre les cours ; privilège prolongé grâce à ses capacités en mathématiques quelque peu exagérées par des concurrents teigneux. Ce que les autres condisciples européens considéraient comme une provocation insupportable, d'autant qu'il avait la réputation, tout à fait injustifiée, de séduire toutes les jeunes filles, toutes races et toutes religions confondues. Dans cette maison constantinoise et ancestrale où il était né, le vent permettait, avant neuf heures du matin, de gonfler les feuilles qui se boursouflaient d'abord puis se ratatinaient sous l'effet de l'air brûlant, avec l'espace transformé en bocal où surnage le monde végétal, à l'exception de toute autre matière.

Rac venait maintenant plus souvent s'y réfugier. Il y avait donc plusieurs mûriers qui l'avaient toujours fasciné et obsédé ! L'un d'entre eux était si près de la maison, que, pendant la saison d'été, il pouvait presque le toucher alors qu'il travaillait à son bureau jusque très tard dans la nuit. Il pouvait – donc – rester là, des minutes durant, à regarder les branches éclairées par la lampe qui faisait briller ses feuilles donnant l'impression de plumes animées par quelque mouvement imperceptible.

Le fond du jardin baignait dans une obscurité totale et épaisse, comme si des couches d'air sombre s'y étaient accumulées les unes au-dessus des autres formant une matière qu'on aurait dit palpable. Et, dès que le vent se levait, et sans aucune transition, l'agitation s'installait à l'intérieur de cet inextricable enchevêtrement de branches, de feuilles et de fruits. Elle ne cessait qu'avec l'aube. Les mûriers reprenaient alors leur immobilité rigide, sorte de pétrification effrayante ou de léthargie originelle, et sombraient dans un néant jusqu'au réveil des oiseaux très nombreux qui y passaient la nuit.

Rac devinait alors seulement leur présence touffue et angoissante, avec toutes ces branches qui s'entrecroisaient et se superposaient, avec, au milieu, toutes ces couches et ces accumulations d'obscurité à travers laquelle jaillissaient, dès les premières lueurs du jour, de légers cris d'oiseaux, comme étouffés et pelucheux. Sortes de trilles ensommeillés, gémissants, comme bougons et pleurnicheurs mais, en fin de compte, très émouvants. Comme si ces invisibles frémissements, ces soupirs presque inaudibles et cette palpitation immatérielle n'étaient pas de simples froissements duveteux d'oiseaux à moitié endormis ou faisant semblant de dormir, ou bien des criailleries et des jacasseries oiseuses et habituelles dans un jardin, mais qu'elles rappelaient les plaintes, les quintes, les gémissements et les ronchonnements des membres les plus vieux de la famille, décédés pour la plupart, maintenant.

La clarté du petit matin s'incrustait dans chaque angle et chaque objet, même les plus dérisoires, enrobant tout et cernant jusqu'aux plus précis motifs décoratifs. Mais ce genre de lumière, bien qu'il obligeât Rac à éteindre la lampe de bureau, conservait, néanmoins et pendant quelques instants étonnamment longs, quelque chose des couches noires qui badigeonnaient de leur couleur foncée la configuration de ce qu'il voyait du jardin. Il était surpris alors de constater que les résidus d'obscurité restés accrochés à l'aube, sorte de séquelles à la fois matérielles et impalpables, donnaient l'impression de s'égoutter, de bruiner avec une lenteur inattendue, extravagante. Cette coloration du jour faisait perdre au plumage des oiseaux sa couleur grise mâtinée de violet, habituelle ; qui restaient là, maintenant, alignés sur le toit de la maison et au-dessus des branches du mûrier. Ils étaient là, silencieux, dressés sur leurs pattes fines et graciles, pendant que de légers tressaillements presque invisibles secouaient, de temps à autre, leurs plumages ébouriffés et gonflés.

Puis peu à peu les oiseaux se mettaient à chanter. D'abord quelques trilles saugrenus, puis des cris plus nombreux, enfin l'ensemble de la mélopée éclatait sous la forme d'un système syncopé, haché, trituré et anarchique, aux tonalités ascendantes qui allaient gonfler au fur et à mesure, grossir et prendre des proportions assourdissantes dont la stridence perçait les oreilles de Rac qui s'étaient habituées au silence pesant et parfois angoissant de la nuit. Et c'est à ce moment que leurs yeux apparaissaient d'une façon très nette, malgré leur petitesse et à cause de leur acuité, brillants, contrastant avec leurs becs légèrement rosés ou plutôt orangés. Les oiseaux grossissaient à vue d'œil, avec la disparition, maintenant, de la dernière couche de nuit ; gonflaient leurs jabots, lustraient leurs plumes retrouvant leur couleur grise initiale, frangées çà et là d'un jaune pâle et d'une sorte de violet passé. Ce qui donnait l'impression qu'ils étaient plus gros que nature, avaient la démarche plus lourde et étaient beaucoup plus nombreux. Ils restaient donc, là, dans le mûrier centenaire, prêts à prendre leur élan et à s'envoler, lustrant à nouveau leurs plumes. Les femelles étaient occupées à peigner le duvet de leurs petits, pendant que les mâles se pavanaient sur le rebord du toit, marchant à petits pas, dans une opération de séduction et de coquetterie, de narcissisme et d'orgueil démesuré ; ce qui rendait leurs minuscules yeux plus brillants et plus charbonneux, rappelant à Rac les débris de pierres précieuses incrustant un vieux collier en or hérité par sa mère de l'horrible grand-mère, cette femme obèse, cette cuisinière talentueuse, cette agonisante impavide qui s'était fait photographier sur son lit de mort avec ses nattes noires, son teint superbe de gamine, ses falbalas fabuleux et ses yeux charbonneux mais déjà bourrés de néant et d'absence.

Flash-back sur cette fascination morbide de l'enfance : « Je me boursoufle sous l'effet de l'angoisse. J'ai quatorze ans et du chagrin. Douleur abstraite. Atroce. Tenace. Mais je reste méfiant vis-à-vis de ce fatras de sentiments onctueux. Tout autour de moi, maintenant, le monde complètement immobile. Tapi. A l'affût. C'est-à-dire le monde non pas s'arrêtant, s'interrompant, cessant d'exister mais – au contraire – poursuivant son mouvement invisible d'une façon entêtée. Compliquée. Incompréhensible. Sous cette forme atroce, effroyable, perfide de l'apparente immobilité. Dans la chambre la lumière de l'abat-jour, comme impossible à retenir, à capter. Tel un ensemble de rets, de filets, de pièges. C'est-à-dire d'éblouissants, astucieux et soyeux réseaux de lumière. Le chat – comme à son habitude – toujours perché sur le mûrier. Attentif. Arrogant. Couard. Sauvage. Ramassé. Noir. Souple. Souple dans sa foudroyante immobilité. Sa foudroyante bestialité générique, à l'état brut. Sa foudroyante vitesse potentielle parmi l'inextricable enchevêtrement des losanges verts et des tachetures mousseuses. Faisant – le chat – surtout semblant. L'éclat de la lumière derrière la vitre l'éblouissait irrémédiablement. Le clouait là ! D'une façon invraisemblable. Mythologique. Tels les chats sculptés au-dessus des tombeaux pharaoniques de l'ancienne Égypte. »

Rac avait un rendez-vous important. Cinq minutes à attendre dans ce passage souterrain situé en plein centre de Constantine tout près de la préfecture, très fréquenté et très commercial. La moiteur ourle légèrement les visages des femmes d'une sueur à peine visible qui leur donne des joues translucides. Ce qui explique – peut-être – qu'elles soient si légèrement habillées. Quant aux hommes, ils ont déjà tellement erré, bavardé, tenu de longs et creux conciliabules dans plusieurs cafés, qu'ils paraissent être sur le point de succomber d'une minute à l'autre à une crise d'apoplexie ou de suffocation.

Attente. Espaces accumulés strate sur strate et donnant l'impression de pouvoir glisser l'un derrière l'autre, mais chacun à sa façon et sans aucune symétrie. A neuf heures précises Rac voit un membre du réseau qu'il connaît à peine arriver derrière lui. Il porte un sac de sport. Il hésite un instant à s'abandonner à l'exaltation de la camaraderie que soudent un destin très dur, des risques terribles et communs ; mais, soudain, il est submergé par un calme extraordinaire. Sans regarder son comparse, il l'entend murmurer : « Tu veux me suivre à distance ? » Une seule phrase à peine audible. Il lui emboîte le pas. Les femmes transpirent un peu plus que tout à l'heure.

Analogies olfactives évidentes : odeur rance de la laine que les femmes lavent à grande eau sur l'immense terrasse au carrelage rouge et patiné par le temps, craquelé par les intempéries ; sur laquelle donne la cuisine ouverte, de l'autre côté, sur le jardin où le mûrier fait figure d'ancêtre parmi les autres arbres fruitiers, les carrés de fines herbes et les parterres de fleurs... Les femmes lavent la laine qu'elles battent avec les pieds, des journées durant. Lui, bien avant qu'il préparât son bac, passait ses étés à élever, dans des boîtes faites de petites lamelles de bois très fin laissant la lumière filtrer à claire-voie, des vers à soie veloutés et dodus aux pattes roses et minuscules, à la peau rayée, brun et noir, avides de ces feuilles que seul l'unique et immense mûrier était capable de leur fournir à profusion. Cet arbre fabuleux dont les branches feuillues parvenaient à exploser à l'intérieur des chambres du premier étage de la vieille maison où ses parents avaient habité ; avec les nombreuses épouses du père et leur abondante progéniture ; avec, aussi, l'invraisemblable smala et l'innombrable fratrie.

A ce moment il fut frappé par l'idée qu'il

était un des trente-sept enfants procréés par son père avec la complicité ou la passivité de ses quatre épouses, dont la fameuse Juive flouée et abandonnée très vite, unique survivante des quatre femmes du patriarche dominateur, instable et hautain. Il n'était que l'un des enfants conçus par ce père. Un parmi tant d'autres. Flo, elle, en revanche, était fille unique. Tout en suivant son ami, il se remémorait sa vie dans la capitale.

A Alger, il vivait maintenant au jour le jour. Restait étendu parfois de longues heures, submergé par l'odeur fétide et molle du crin humide et vermoulu de son matelas imprégné par les peurs, les cauchemars et les fatigues des autres membres du réseau qui l'avaient précédé. Au fur et à mesure que le temps s'écoulait en segments filandreux, avec son pouls qui battait à l'unisson de sa montre distillant les secondes, il se sentait obsédé par le vieux bidet en émail écaillé, posé là comme un témoignage intangible de la désolation, de la misère, de la déchéance et de la peur qui poissait ses viscères. Chaque fois qu'il y posait son regard, il pensait aussitôt aux toiles de Francis Bacon qui exprimaient si bien le malaise et l'inconfort de la condition humaine.

C'était vendredi. Il lui fallait quand même se lever, bondir vers le lavabo, faire mousser le savon avec la rage du désespoir, quitte à ce que le blaireau perde encore une fois quelques poils, et se raser en profitant d'un rayon de soleil et en regardant vaguement le rasoir rayer son visage recouvert de mousse et de peau, grâce au reflet sur la vitre crasseuse de l'unique et minuscule fenêtre de cette chambre dont le plafond lui dégringolait sur la tête. Il avait rendez-vous, ce jour-là, avec Flo à un arrêt d'autobus algérois à une heure précise. Il avait deux heures devant lui mais la propreté douteuse des lieux aimantait son regard bien qu'il eût émergé du sommeil depuis quelques instants, déjà. Flo allait lui apporter de nouvelles consignes du réseau et quelques photographies de victimes du terrorisme qu'elle subtilisait, à contrecœur, au service médico-légal de la morgue de l'hôpital où elle dirigeait le service de pédochirurgie.

En fait il jubilait intérieurement tout en rouspétant contre son sort, car maintenant il avait un destin à travers et grâce à ce réseau. L'histoire le rattrapait alors qu'il n'avait pas pu, jusque-là, assumer froidement ce destin, comme s'il l'avait gardé à distance respectable, par paresse, par indifférence ou par négligence. L'histoire le rattrapait et se manifestait d'une façon cruelle et confuse, à la limite de l'abstraction. Il n'allait plus vivre dans le coton et la soie de la vie confortable et routinière. Ni dans l'excitation des voyages lointains et exotiques. Les rires somptueux des femmes qu'il avait connues dans les pays étrangers lui parvenaient à travers un brouillard ouaté dont les images érotiques se superposaient à l'intérieur de sa mémoire au-dessus de la ritualité cérémonieuse et pesante des restaurants chics où l'on faisait cliqueter les fourchettes et les couteaux, tinter les verres en cristal, se déplier avec un bruit rêche les longues serviettes amidonnées, s'entrechoquer les assiettes, pour conforter les clients dans leur sentiment tiède et mièvre, au milieu de l'odeur de réchauds à alcool pour flamber les crêpes et les bananes, et des relents de cuisine riche et grasse.

Il restait là à se raser lentement et méthodiquement. Voluptueusement presque. Gestes banals de la vie quotidienne. Hygiène habituelle des jours ordinaires. Mais il y trouvait une saveur particulière qu'il n'avait jamais ressentie. C'était presque jouissif. Et il se laissait aller à cette sensualité du rien, de l'infiniment banal et de l'insignifiant. Une joie sourde résonnait en lui. Son cœur battait fort dans son corps à la manière des balles de tennis qui crépitaient sur les courts internationaux où l'entraînaient les filles un peu snobs qu'il lui arrivait de fréquenter ou des amis férus de sports spectaculaires et mondains. Il se rendait compte maintenant qu'il avait vécu jusque-là sur une autre planète. Lui et ses amis étaient déphasés. Déconnectés. Et les voici tous replongés dans les dures réalités d'un pays qui n'allait pas si bien qu'ils l'avaient cru, ou voulu croire. Toutes ces images venaient se surajouter d'une façon ondulatoire et éprouvante. Il avait changé de vie et regardait les traces, sur sa peau, des piqûres de punaises des capharnaüms exigus et des planques douteuses.

Il continuait à marcher derrière son acolyte et se souvenait des seins nus gonflés de sève et de morgue des petites amies de son adolescence bônoise. Elles étaient à peine pubères mais déjà arrogantes. Elles avaient des visages qui imitent ceux de l'école italienne, avec le nez mince et oblong dont la majesté éclate hors de la toile ; les lèvres charnues et quasi transparentes ; les cils à peine esquissés ; les yeux faussement pudiques aux paupières lourdes de lascivité ; l'ovale de la figure à peine tracé par le fusain qui fracasse le jeu d'ombre et de lumière et gomme toute perfectibilité somme toute réductrice. Petites copines qu'il accompagnait sur les plages et dont il épiait les hanches tavelées de couleurs dégradées à partir de la même teinte bistre, et, grâce à l'outrecuidance du maillot de bain, il devinait, au renflement du pubis, la blessure véhémente du sexe maladroit, émouvant et pelucheux, à travers lézardes et sinuosités.

Tout cet amalgame de souvenirs, d'instantanés, de mélanges entre les trois villes où il avait vécu, lui serre les tempes au moment où son propre destin le bouscule et carambole dans sa tête malmenée par la rugosité des voix anonymes et menaçantes qui, pêle-mêle, s'amoncellent, en lui. Maintenant qu'il ne va plus vivre dans le coton des femmes et les vieux cuirs cossus des salons, il subit sans discontinuer ces images remontées de si loin, plaquées sur sa mémoire, inoculées dans ses veines, incrustées sous sa peau à tel point que l'air froid devient moite et surchauffé non seulement par l'exaltation et la jubilation mais aussi par le surplus d'adrénaline qui se déverse dans son corps tendu comme une balle de tennis. A tel point – aussi – qu'il avait la sensation d'en avoir une coincée dans sa gorge et une autre bloquée dans l'estomac. Cette nouvelle vie décapait en lui toute la veulerie qu'il avait emmagasinée pendant toutes ses années insouciantes comme s'il avait voulu se venger du sort que l'on faisait maintenant subir aux autres, ceux-là mêmes de son propre bord, maltraités, emprisonnés, torturés et assassinés par les différents régimes depuis 1962. Et qui étaient devenus la cible préférée des intégristes formant une nébuleuse disparate, contradictoire et paradoxale, liée au grand banditisme, la petite délinquance, la mafia de l'argent et certains clans corrompus infiltrés dans tous les rouages du pays.

Constantine : 26 juin 1995

Quelques sectes, en fait peu nombreuses, mais douées d'une capacité de nuisance inouïe, avec leurs rituels d'un autre âge, d'un autre monde. Quelques sectes ravagées par la passion du pouvoir, du meurtre et de l'argent. Quelques hordes sauvages qui s'attaquaient à des hameaux pauvres et isolés ; comme on en voit dans les vieux westerns américains.

« Des psychopathes malfaisants, pervers et prédateurs », répétait Flo, comme pour se donner bonne conscience et se convaincre qu'elle avait raison.

2

Une parenthèse ouverte. Une autre fermée. Le flash-back sonore, bruyant, imagé, de son propre passé agité, encombré et mêlant les trois villes de sa vie et de sa survie strie sa tête d'impressions brèves et drues, et, malgré le désordre de ce grouillement intensif, il émerge à travers l'opacité des jours traversés avec des gestes grandioses ou maladroits ou nonchalants dont la flaccidité alcaline râpe les mains. L'idée de son rendez-vous avec Flo le subjuguait mais la peur de sortir, de quitter cet abri précaire le tenaillait. Envie de vomir ou envie d'uriner?

Quant à son contact constantinois, il était trop sérieux. Il n'avait pas le moindre humour et pas de nom, non plus. Il apparaissait. Il disparaissait. Au moment opportun. Pas de surnom. Rien! Même pas une ombre. Il ne parlait pas. Ventriloque, il fallait lire sur ses lèvres, sans trop chercher à regarder son visage terne. Il n'était pas beau. Pas laid. Neutre. Ses costumes, aussi. Il se confondait avec la ville basse. Ses murs lépreux. Son ciel plombé ou terriblement bleu. Mais jamais la même cravate. La couleur changeait. Pas la soie. A cause de la terreur qui lui rongeait les foies bourrés d'une sorte de mousse vert-de-gris, lui avoua-t-il, un jour où il était en veine de confidences ; celle qui enrobe les pommes de terre pourries à force d'être enfermées dans des placards tièdes et rances. Rac savait que l'homme connaissait le dédale des casbahs et des médinas de ses trois villes préférées mieux que sa poche trop encombrée : paquets de cigarettes, briquets, clés, bouts de papier, faux papiers, pense-bêtes, argent, pistolet, capsule de cyanure, etc.

Rac se mouvait dans cette nouvelle vie avec l'intuition précise de sa propre organisation. Grâce à cette discipline, il connaissait lui aussi et par cœur les artères, les avenues, les rues, les ruelles, les impasses, les escaliers superposés et schématisés sur le plan de la ville par leurs couleurs noir, rouge, jaune, bleu, rouge à nouveau, vert, métallisées, verdâtres, hachurées, filandreuses, enchevêtrées. Mais s'arrêtant toujours au bord d'un gouffre invisible, où s'accumule une fébrilité intérieure juxtaposée à une mollesse qui détruit – intuitivement pour lui – tout désir de réorganiser un tel tracé dont le désordre est la base même de sa minutie et de sa rigueur car il esquisse parfaitement les impasses, les escaliers, les culs-de-sac, les boutoirs et les murs dégradés par les actes de vandalisme d'une jeunesse désœuvrée en perpétuelle transhumance, en inlassable nomadisation parce que prise d'une bougeotte irrépressible à l'intérieur d'une vie vide et vaine. Inutile ! Alors que lui, les poches pleines de tabac qu'il ne fume jamais et de faux papiers en règle, il déambule calmement parce qu'il sait, le moment venu, retrouver le centre d'un tel déploiement fastidieux de l'organisation urbaine qui ne rend compte que du degré de sa propre concavité vitale, aidant Rac à s'impliquer sérieusement dans la rigueur et la passion qu'il met dans l'accomplissement impeccable et quasi mathématique de sa survie.

Un peu à la façon de sa mémoire où les faux noms, les faux papiers, les fausses adresses, les faux itinéraires, les fausses routes, les faux pas, les faux billets sont rangés dans des cases différentes, élastiques et souples, et qu'il peut retrouver, inventorier et codifier prestement, sans perte de temps ni sentimentalisme ; même s'il lui faut, pour ce faire, parcourir en tous sens les méandres de la ville. Il lui arrive parfois, quand même, de paniquer, de se bloquer ou de s'empêtrer dans les accidents de la réalité. C'est à ce moment-là qu'il ressent le plus le besoin de reprendre le dessus, même à travers un bégaiement ou un éblouissement de l'histoire de plus en plus affolée, pervertie et méconnaissable. Incompréhensible.

Cinq heures de sommeil. Arithmétiquement. Pas plus. Il n'avait jamais eu de réveille-matin, de toute sa vie. Il organisait de cette façon stricte et rigide sa survie depuis qu'il était sur la brèche. Il avait alors à cœur de se démontrer que sa méthodologie était d'une rigueur implacable. Il comptait beaucoup sur l'hystérie et le fanatisme des terroristes pour leur tendre des pièges terribles, les menant inéluctablement vers la mort, à travers les vastes réseaux d'une machinerie démoniaque qu'il mettrait au point, avec les autres membres du groupe, à la dernière minute. Mais tout cela n'était que pure spéculation. Il restait très perplexe devant ses plans et ses théories. D'autant plus qu'il avait derrière lui cette masse de fantômes calamiteux que sont devenus ses amis assassinés avançant par cohortes, grincheux et mal réveillés, toujours l'un derrière l'autre, par méfiance innée, avec en éclaireurs quelques-uns des leurs, parmi les plus téméraires. Des femmes souvent ! Il avait, alors, la bouche amère comme durant les cauchemars de son adolescence, bourrant sa moelle épinière d'une matière lourde et épaisse. Rac était déchiré entre son envie de guerre et son envie de paix. Son envie de haine et son envie de compassion.

Il n'avait jamais rechigné à respecter les consignes du réseau et à obéir. Mais depuis quelque temps, il y avait cette terrible envie de tuer, de venger ses amis poignardés et tous ces pauvres anonymes, ces fillettes violées, ces femmes décapitées, ces prêtres musulmans, chrétiens ou juifs massacrés d'une façon intolérable, ces bébés égorgés rituellement après une brève prière pour les recommander à Dieu ! Il pensait alors, inévitablement, à son ami pianiste qui s'était mutilé les mains dans un moment de désespoir et de culpabilité dévastatrice et qui lui répétait à chacune de leur rencontre qu'il ne faisait jamais de cauchemars et qu'il se trouvait monstrueux.

Il était constamment sous l'emprise de cette envie de torturer, mutiler, faire des carnages, des massacres ! Se suicider. Impression tout en marchant que son épine dorsale se remplit de mousse à raser. Il se sent vide. Impuissant. Peur... Testicules moites et mous ballottant entre les jambes. Frayeur, parfois, brusque et violente devant ce nouveau destin, cette nouvelle vie, ce frôlement du danger qui lui procure une certaine excitation, une jouissance, comme un orgasme obtenu à la va-vite.

Hagard, parfois, encombré, souvent, de cette angoisse et de cette perplexité qui lui barrent le ventre, il s'essouffle en marchant trop vite et se rend compte tout à coup qu'il n'a jamais cessé d'immigrer en lui-même, par crainte d'autres vies plus vastes ou d'autres lieux où la promiscuité l'atterre. Élevé dans le coton par une mère savoureuse, il était passé – sans transition – entre les mains satinées et embaumées d'altières et divines créatures qui l'avaient ramolli jusqu'à ce tournant décisif : la rencontre avec Flo. Rompu maintenant aux insanités de l'adversité, il n'a pas le courage de continuer jusqu'au bout de lui-même. Il veut tuer à son tour. Devenir un tueur pervers mais désinvolte. Voilà le mot clé, se répétait-il : la désinvolture ! Un tueur sadique mais décontracté et hilare. Il se sentait protégé par cette notion d'inconscience qu'il s'entêtait à vouloir expliquer à Flo, à ses amis et à lui-même, parce qu'il avait l'intuition qu'elle était vague et confuse, qu'elle ne tenait pas la route de sa rationalité et de son humanité.

Il avait cru après quelques projets jamais réalisés que la pratique politique avait exorcisé ses rêves, l'avait coupé définitivement de ses nostalgies, de ses naïvetés, vidé de ses faiblesses et de ses lâchetés. Il avançait à l'aveuglette, se retrouvait sur un boulevard à l'intersection avec un autre boulevard, remontait les rues pentues, noué à jamais, ébranlé par la luminosité de l'atmosphère, frappé par la rotondité de l'horloge souveraine qui coiffait l'énorme gare centrale marquant ses neuf heures trente-trois minutes à Constantine, en ce 26 juin 1995.

Puis, brusquement une sorte de sérénité

l'envahissait : le soleil, les terrasses bondées des cafés, les passants joyeux, les femmes bien ou mal habillées mais toujours coquettes, désirables. La vie paisible quoi, se disait-il. Ordinaire. Banale. La vie à l'endroit.

3

Rac passait, maintenant, sa vie à marcher. Il arpentait comme au hasard, ces trois villes qu'il connaissait si bien : Alger, Constantine et Bône avec lesquelles il avait, plus que des attaches et des sentiments, de vraies affinités esthétiques et affectives, un atavisme profond et une passion viscérale. Il croisait des amis, des copains et des camarades qui ne le reconnaissaient pas sous sa perruque foisonnante d'un roux flamboyant, parfois douteux. Étonné par la vivacité des arbres de l'avenue, affolé par leur exubérance non seulement végétale mais presque minérale, il avait l'impression que son visage était blafard. Blanc. La panique constamment au ras du crâne émettait des éclairs bleus et rouges et burinait sous sa peau des dessins semblables au superbe tatouage incisé sur le front de sa mère, toujours à bout de sensibilités, à bout de forces, à bout de larmes, à bout de fous rires. Le contraire de Marie, la mère de Flo vivant dans une perpétuelle mélancolie. Une perpétuelle déception du monde. Se laissant écraser par Jeanne, sa terrible mère qui ne cessait de lui répéter qu'elle lui avait toujours porté malheur, malchance et guigne. Qu'elle était coupable de la mort de son mari englouti dans les boues de Verdun en 1917. Heureusement, il y avait les frasques sublimes de Jean son frère jumeau qui la déridaient de temps à autre et la lâcheté congénitale de Gustave, son frère aîné qui la faisait sourire. Quant à son père qu'elle n'avait jamais connu...

Maintenant Roc se mettait à regarder les femmes après des années de fidélité à Flo. Les souvenirs émergeaient il ne savait d'où. Fantasmes concassés resurgis du tréfonds du corps. Images fulgurantes et intermittentes. « Je vais peut-être mourir aujourd'hui, tout à l'heure », se disait-il, chaque fois qu'il quittait une planque. Bas-ventre douloureux. Enflure des phrases houleuses sous son crâne. Plis et replis. Un orage moite et visqueux bouillonne dans l'air. Frottement des sens exacerbés. Peau rêche au-dedans ; paumes moites au-dehors. Vertèbres comme déplacées. Blasphèmes. J'aurais dû... J'aurais dû... Blasphèmes à nouveau. Envie de laisser s'échapper des cris portant en eux les traces d'un désarroi maîtrisé. Impression d'étouffer. Il était malmené par le doute. Surtout.

Constantine : 26 juin 1995

« Comme les femmes sont belles... Leurs sexes véhéments lorsqu'elles écartent les jambes... » Il avait pris l'habitude de s'y réfugier dès le début de l'adolescence. Plaies et replis. Tatouages marins sur les corps des putains de sa jeunesse constantinoise, quelquefois masculines, téméraires, licencieuses mais jamais obscènes. Certainement phtisiques à cause de la misère et du mauvais temps. Elles étaient très jeunes mais très maternelles. Parfois à peine pubères. Corps lisses. Sexe épilé. Chambres closes où il fait froid et humide. Elles disaient : « Mauvaise lune et toux sournoise, mon frère ! » en soufflant sur des braseros de fortune.

Rac savait que ces pulsions érotiques trop fréquentes, maintenant, n'étaient que l'expression de sa peur, de son désarroi et de ses doutes. Pays étrange. Film impressionné de sa vie se déroulant à l'envers, certains jours ; à l'endroit, d'autres jours. Paramnésie chronique qui le troublait beaucoup. Diagramme pitoyable ou sublimé de son passé et de son présent. Et la véhémence du mûrier dans le jardin constantinois au mois de juin quand la menthe éclate dans la théière et fume dans le matin frais, lorsque sa mère pétrit la pâte où gonfle la levure, parasite les talismans et brouille les lignes de convergence avec cette suractivité qui l'a toujours caractérisée... « Je vais mourir, la bouche pleine de mots inutiles. » Il remonte les avenues de la ville. « C'est la faute du mûrier..., ironise-t-il. Ses racines sont profondes... » Chauffage des viscères dans les cercueils plombés. C'est ainsi qu'un jour de juin 1956, on avait ramené le corps de son frère aîné. Quarante ans, déjà. Inoubliable blessure. Cicatrice profonde. Le cercueil se balançait à une grue du port de Bône. Son père jubilait. Retour de l'enfant prodigue qui avait enfreint l'interdiction ancestrale de traverser la mer. Il voulait simplement faire des études. Devenu médecin, on le prit à Paris en flagrant délit d'aide au F.L.N. Il opérait des militants dans une cave. Arrêté. Torturé. Tué. Son corps, mis dans le bois du cercueil plombé à la cire rouge, resta à se balancer au bout de la grue, au-dessus du port comme pour narguer le patriarche, les flics, les douaniers et tous les conformistes dont il avait défrayé la chronique.

Bône. Mercredi 26 juin 1956. Dix heures. Impression répétitive. La même scène qui l'envahit. Impression douloureuse qu'il perdait le sens du réel et que sa paramnésie empirait de jour en jour. Qu'elle devenait chronique. La mémoire comme bloquée. Arrivée de la dépouille du frère aîné. Le port, agressé par tant de câbles et d'échafaudages mythiques à cause de la proximité du large, prenait des contours si aigus que les gens étaient obligés de porter des lunettes noires. Aussi avaient-ils l'air d'assassins camouflés. Beaucoup de monde sur le quai : les notables en costumes ridicules et en cravates, malgré la chaleur; les ouvriers en tenues débraillées et les cadis acoquinés avec tout le monde, en djellabas de velours garance ou vert foncé; le crâne prolongé par des turbans incroyables, de couleur jaune pâle. Rac avait quinze ans. Il se dissimulait derrière un déguisement peu discret, pour ne pas être reconnu par les psalmistes qui récitaient d'une belle voix des chants coraniques et apocalyptiques où il n'était question que de soufre et d'instruments effilés, transperçant les hérétiques et les mauvais croyants. Versets de colère. Sourates de haine. Il en éprouvait une grande angoisse pour le mort, seul devant l'éternité de la mer franchie dans un mouvement titubé; ébloui comme un coureur happé par la violence de ses propres gestes.

Toute l'atmosphère dramatique se ramassa dans un coup de sirène hululante. Rac ne pouvait pas quitter la foule parce qu'il risquait, d'un moment à l'autre, de tomber dans le traquenard des récitants du Coran agglomérés autour du père triomphaliste pour bien montrer leur force et leur puissance devant un cadavre mou et déjà largement en décomposition dont on allait voir apparaître, tout à l'heure, le cercueil accroché à cette grue fantasque. Extravagante!

Déroulement des souvenirs. Impression affolante de déjà vu déjà vécu déjà rêvé : l'enterrement de Yamaha se confondait totalement avec celui de son frère aîné. Dès que le bateau eut accosté, le chef du clan fit une sortie remarquée. Habillé d'un des costumes du mort réajusté par quelque tailleur virtuose, il avait l'air moins gros et plus tonitruant en recevant les condoléances des assistants aux mines affligées. Quelques fumeurs de kif étaient parvenus à passer le contrôle du port sans encombre et assiégeaient Rac qu'ils avaient flairé sous son déguisement d'un autre âge. Il n'en menait pas large, redoutant d'être trahi par sa voix facilement reconnaissable. Il préférait répondre par monosyllabes inaudibles, excitant la curiosité des fumeurs qui arboraient des tatouages splendides et devenaient agressifs face à ce fatras d'humanité rivé à sa morale frelatée et à son hypocrisie indécrottable, incapable de s'en détacher. Ils examinaient l'assistance d'un œil à la fois critique et désabusé. Riaient grossièrement dès qu'un notable s'offusquait de leur sans-gêne. Ils n'étaient là que pour porter le cercueil de leur ami et s'impatientaient de tant de rites absurdes, alors que l'heure était douloureuse, insupportable. Rac, à peine adolescent, essayait de les calmer et de leur inculquer quelques éléments de bienséance mais ils s'insurgeaient ouvertement, rejetaient toute recommandation, malgré l'estime qu'ils avaient pour le frère du défunt. L'on se démenait pour accomplir les formalités douanières et sanitaires : un médecin était monté à bord pour ouvrir la bière, vérifier l'état du cadavre et mettre de nouveaux scellés sur le cercueil.

Chaleur encore. L'odeur fétide de cambouis et d'eau stagnante ramollissait les narines. Bateaux superposés comme des stratifications successives. Ciel bloqué par un embrasement gigantesque. Éventails remués à la recherche d'une problématique fraîcheur. Branle-bas. Cordages. Quais foisonnants. Sueurs entremêlées des corps moites. Longues litanies. Prière des morts face aux énormes cargos et à la mer qu'absorbait la digue et aux rails qui avançaient jusqu'à l'intérieur du port. Litiges de portefaix indifférents à ce qu'ils allaient porter. Attente lacérante. Prurits qui démangent la chair irritable. Voix pure de muezzin, gorgée de sel et d'iode. Blasphèmes des fumeurs de kif, retranchés derrière de beaux tumultes. Cris rauques de marins coupant la parole fragile comme dans une vente aux enchères. Versets coraniques agressifs et coléreux, encore! Rac tremblait à l'idée de sa mère et des autres femmes de la famille, accrochées aux croisées des fenêtres, envoyant les enfants loin de la maison en éclaireurs dans l'attente de l'arrivée du cortège mortuaire. On ne cessait de répéter que Dieu est grand et que sa gloire est immense. Rac éprouvait une irrépressible envie de fuir loin de cette mise en scène macabre qui redoublait sa fureur. Le long des quais recouverts de petites dalles archaïques, le corbillard arrivait en cahotant et en trépidant d'une façon comique sur l'espace durci par la chaleur. Les prières devenaient de plus en plus hystériques.

Parmi ce grouillement d'hommes et de machineries complexes la grue arriva enfin. Le cercueil oscillait avec juste le risque cocasse de culbuter dans la mer. Tout le monde levait les yeux. Là-haut la grosse boîte de chêne avait quelque chose d'extravagant, de surréel, elle descendait très lentement et s'éternisait à ne pas atteindre le sol.

L'assistance était anxieuse. Les chefs religieux en oubliaient leurs griefs contre le mort. Tout à coup l'engin s'arrêta dans un toussotement pénible et le cercueil resta suspendu, là. Dérisoire. Rocambolesque. Insolent. Terrifiant.

La mère de Rac souffrit du diabète juste après l'enterrement de son fils aîné. Elle devint mélancolique. Elle passait son temps, au crépuscule, à guetter les hirondelles qui butent contre les rideaux de toile rayée qu'elle recousait, aussitôt, avec une sorte de ferveur due à l'amour qu'elle avait pour ces oiseaux qui donnaient l'impression, non pas de voler, mais de nager dans l'atmosphère épaissie par la canicule de l'été torride. Elle restait rivée à ses machines à coudre. Confinée dans l'atelier de couture qui embaumait le crêpe de Chine. Une odeur rêche. Émouvante.

Elle était très particulière et tenait à mettre une certaine distance entre elle et les autres. Instinctivement. Avec une sorte de bonté même. Elle avait peur de déranger. D'être encombrante. Incapable de s'impatienter ou de s'emporter. Le père, lui, était trop égoïste. Fanatique. Atteint de la maladie des nomades. Il ne savait pas tenir en place. Il passait sa vie à envoyer des cartes postales de tous les coins du monde comme pour recouvrir son absence, comme s'il voulait donner l'impression qu'il était toujours présent. Qu'il avait à l'œil, même de loin, toute sa progéniture, sa domesticité et sa fratrie au complet d'où émergeait l'étonnant oncle Hocine dit le Kafard.

La mère était donc très particulière. Trop irréelle. Savoureuse. Absente au monde. A sa façon. Comme chiffonnée. Comme figée dans une perpétuelle et patiente attente. Ou plutôt, comme si elle s'attendait à voir surgir, d'un moment à l'autre, inopinément, son cheminot de père qui était mort de froid en réparant sa locomotive tombée en panne sur les hauts et froids plateaux sétifiens, lors d'une tempête de neige. Elle était chimérique, silencieuse et inaltérable. Il n'y avait rien dans son regard. Ou presque rien. Seulement, peut-être et sans doute imaginaire, dans l'esprit de Rac, cette sensation de gâchis, de moiteur, de virginité, de claustration et de temps immobilisé arbitrairement. Non pas perdu, gaspillé dans de vains bavardages ou investi inutilement dans une agitation surexcitée, énervante et pathétiquement dérisoire, mais un temps étouffé, vaincu, maîtrisé. Comme apprivoisé et coulé dans un paramètre qui lui était particulier. En fait un temps subjectivisé à l'extrême. Presque au-delà des limites du supportable et de la décence. Un temps non pas lisse comme on pourrait s'y attendre mais hérissé. Comme frisé, crépu. Un peu comme cette odeur de crêpe de Chine et d'huile à graisser les machines à coudre de toutes les marques venues d'Italie (Borletti), d'Allemagne (R.K.A.), de France (Singer) et d'ailleurs, et qu'elle trimbalait partout avec elle. Comme si cette odeur si caractéristique de la mère de Rac ne l'imprégnait pas de l'extérieur mais était sécrétée par ses propres pores, sa propre peau.

Quarante ans après, Rac eut l'impression d'enterrer un autre frère, son cadet celui-là : Yamaha. Les deux enterrements étaient identiques. Ou presque. Il revenait à ses obsessions actuelles. Il voulait développer en lui une forme d'inhumanité et de cruauté dont il n'était pas du tout coutumier. Il avait toujours eu peur du sang et était très douillet, très peureux. Ainsi, les images défilent, s'accélèrent, ralentissent. Des souvenirs profondément enfouis dans la mémoire qui faiblit momentanément, remontent brusquement à la surface. Il a dans la bouche un goût saumâtre. Celui de la solitude. Il se sent pris au piège, enfermé sous une cloche, aseptisé, installé dans un vide impressionnant. « Ce salaud d'oncle Hocine n'a pas tort ! Je l'ai bien cherché tout cela ! » Les images se projettent hors de sa tête pour s'ouvrir sur des patios immenses, fleuris, exubérants et plus que jamais dominés par les jeux et les rituels ludiques de l'eau, de la répétition, inaccessibles à toute oreille non habituée, se mêlant à d'autres impressions, d'autres gestes : ablutions dans des bassins aux formes arrondies et recouverts de faïence bleutée, récitatifs coraniques, balancements extasiés, chants andalous dans la pure tradition des grands maîtres de Tlemcen et de Fès.

Il butait à nouveau sur ces ruelles devenues le lieu privilégié pour les rendez-vous, les échanges de documents, les distributions de tracts et les redistributions de tâches. Il aurait voulu mettre au point des pièges, organiser des embuscades, s'occuper de la réception des messages codés sous forme de signes et de mots comme pris à la gorge, caillouteux tels des grains de chapelets, des pastilles de soleil diaphragmées à 20,22, des pépites de lumière à travers les paupières. Il avait des visions sériant la nappe d'air résineuse et condensée autour de son naufrage nocturne.

Entendait des cailloux qui tintaient avec un carillon aigu dans son crâne transpercé par le sifflement du silence à ses oreilles, lui rappelant les coups de sifflet stridents de Yamaha lors de ces trois nuits mémorables après la victoire du C.R. Belcourt, club du quartier le plus populaire d'Alger. Il avait la sensation qu'il vrillait dans son crâne des phrases terrifiantes contenues dans les lettres de menaces, les manchettes de journaux ensanglantés comme des étals de boucherie-triperie ; des codes complexes, des mots de passe parasités ; des soliloques fastidieux quand l'insomnie s'obstine à lui ronger la tête où grouillaient des calligrammes de l'enfance coranique et des souvenirs hachés de ruelles et de venelles à l'odeur d'encens, mêlée à l'urine des ânes.

4

Rac se collait au mur blanc et crépi. Il s'éloignait. Il se rapprochait. Flo se jeta sur lui. Essaya de le calmer. Leurs membres s'enchevêtraient. « Ce n'est qu'un cauchemar ! Tu aimais beaucoup tante Fatma la vieille servante... c'est elle qui t'a élevé... tu l'as vue mourir... tu as assisté, enfant, à son agonie qui a été très longue... son corps découpé en morceaux sanguinolents... coupé en deux parties nettement séparées au niveau de la taille... sous la rame du tramway électrique... elle ne mourut pas sur le coup... se débattit et cria de longues minutes... normal ce traumatisme de l'enfance ! Le spectacle a dû être effrayant... du sang qui gicle, des viscères éparpillés dans tous les sens... tu as été éclaboussé... les bruits de gorge étouffés de l'agonie comme une vieille soufflerie... elle fut longue cette agonie... ! les râles accrochés à la gorge ! interminablement. Le temps a dû te sembler long... des cauchemars comme ceux que font les enfants... »

Elle l'étreignit, le couvrit de baisers. Leurs corps s'entremêlèrent. La chambre tangua. Il tremblait de peur. Elle grelottait de froid. La fenêtre était restée ouverte et le mûrier avait fini par introduire quelques-unes de ses branches les plus longues à l'intérieur de l'habitacle, sous l'effet de la bourrasque, comme s'il voulait se protéger de la fraîcheur des nuits d'été sur les hauts plateaux constantinois. Rac était pris d'un tremblement nerveux qui secouait violemment tous ses membres. Il était épouvanté. Ses lèvres étaient bleues. Ses oreilles tintaient encore des raclements de gorge de tante Fatma et des bruits de ses pas alourdis et boitillants sur le carrelage ; des claudications de la jambe de bois de l'oncle Jaloul sur les pavés de la ruelle qui séparait son magasin de celui de son voisin, avant son suicide dû à la cupidité de son concurrent le plus coriace, le propre père de Rac ; du bruit des balles claquant dans l'air avant de se loger dans la tête de Yamaha.

Il se cognait la tête contre les fils tendus et chargés d'épreuves photographiques en train de sécher, parallèles, discontinues, huileuses et dont l'éclat ressortait plus violemment encore dans l'obscurité profonde qui régnait dans la pièce, un peu à l'image des quelques branches du mûrier, phosphorescentes, gorgées de rosée, reposant mollement sur son bureau, avec les vieilles cartes postales de son père et les photographies qu'il avait lui-même développées, toutes là, réunies, translucides, en noir et blanc. Rac se recroquevilla sur lui-même. Flo l'imita instinctivement, d'une façon inconsciente. Qu'était donc devenue son audace ? Elle était venue de loin, avait fait plusieurs centaines de kilomètres depuis Alger pour arriver jusqu'à cette vieille maison vétuste, perchée sur les hauteurs de Constantine, hantée par ses fantômes et ses spectres malgré la canicule de l'été.

Lui venait souvent, maintenant, s'y réfugier, s'y cacher parce que la région était plus sûre, plus tranquille et restait à l'abri des exactions des intégristes présents, surtout, autour de la capitale. Avant, il n'y venait que très rarement. Il n'avait pas le temps à cause de tous ses voyages et de toutes ses activités. Mais aussi parce que c'était un lieu trop beau, trop rempli de souvenirs superbes, nostalgiques et d'autres plutôt morbides et douloureux. Un lieu chargé et surchargé. Insupportable.

Flo eut un petit rire nerveux, étouffé comme si elle avait peur de quelque chose d'indicible, peur d'avoir les mêmes visions et les mêmes cauchemars que Rac. A son tour, elle était prise d'un tremblement incontrôlable. A son

son tour, elle était face à la terreur irrationnelle et stupide qu'elle ne pouvait pas maîtriser. Elle savait pertinemment que cette résurgence des frayeurs de l'enfance était due à leur état psychique. Parce qu'ils vivaient sur le qui-vive, sur leurs gardes, souvent oppressés. Déprimés. Paramnésiques. L'anxiété s'était nichée au plus profond de leurs entrailles et le doute les submergeait parfois. L'inquiétude s'installait alors malgré leur courage et leur rage, malgré leur conviction et leur choix inébranlables.

Flo ne riait plus à grands éclats comme à son habitude. Elle avait peur non pas de la mort mais de l'humiliation que cette mort allait causer aux autres. Rac le voyait à ses pupilles bleutées qui s'étaient terriblement dilatées et à son visage dont les traits s'étaient comme figés. Ses yeux si merveilleux étaient maintenant constamment affolés, abasourdis, pleins d'une perplexité qu'on aurait dit innée, définitive. Flo lui prit la main avec douceur. Rac se mit à pleurer en silence. Peu à peu, il se calma. Reprit ses esprits. Devint tranchant, net et lucide. Le calme incisif de Rac contamina aussitôt Flo. Elle l'embrassa tendrement, d'abord. Puis elle déversa dans sa bouche sa salive que la peur avait acidifiée au point qu'il en avait la langue gercée, la bouche corrodée. Comme avec les feuilles acides du mûrier que lui et les autres enfants, il y a longtemps maintenant, s'efforçaient de manger chaque fois qu'ils grimpaient là-haut et s'installaient sur le sommet de l'arbre centenaire. Tandis qu'en bas, tante Fatma, la vieille servante irascible, ne cessait pas de les invectiver, de tempêter contre eux et d'entrer dans des colères mémorables mais inefficaces, parce qu'elle n'obtenait jamais de résultat.

Ils étaient hors de sa portée. Inatteignables. Elle leur paraissait vue d'en haut, sous un certain angle, comme un être démoniaque, le visage cabossé, le corps déglingué ; surtout lorsque le soleil, comme rougi au fer, décline vers l'horizon verdâtre, après avoir embrasé l'ouest pendant des minutes interminables. Un silence épais s'installa entre Rac et Flo. Une joie formidable les assaillit et les subjugua. Ils retrouvèrent leur joie de vivre, leur détermination et leur sang-froid légendaire parmi leurs amis et leurs proches. Ils eurent l'impression, après cette crise d'hystérie et de terreur, qu'ils renaissaient à la vie, à la vraie vie : la vie à l'endroit. A cette gourmandise qu'ils avaient l'un de l'autre, du monde pressenti comme une donnée intangible où le bonheur est un devoir, une muraille dressée contre la mort, les ténèbres la bêtise et la cruauté.

Flo pensa à Yamaha, à sa fureur de vivre, à sa rage de sublimer sa propre laideur et de transcender son corps disloqué, jusqu'au bout, jusqu'à la mort. Comme si la vie et la mort de

Yamaha prenaient une sorte d'exemplarité qui allait lui donner encore plus de courage. Un courage, somme toute, tranquille. Pratique. Vital. Qui ne devait plus se complaire dans ce discours rhétorique qui l'obligeait à vivre sa peur d'une façon presque romanesque. Rac transfiguré à son regard comprit ce qui se passait dans la tête de Flo. Il l'étreignit et dit : « Mon amour, ma sœur, ma complice... »

Flo ajouta : « J'ai compris après les trois nuits de liesse populaire, pour fêter la victoire du C.R. Belcourt, que nous avions gagné la partie... là, vraiment j'ai su que l'intégrisme était politiquement mort... bien sûr, il en restera des soubresauts démentiels mais sporadiques. Il faudra vivre avec. L'inutile assassinat de Yamaha est une quintessence de l'acte désespéré et suicidaire. Un aveu d'échec et d'impuissance. L'intégrisme est d'autant plus perdant qu'il s'enfonce dans une pratique démentielle de l'horreur. Des types comme Yamaha renversent le cours des choses, le sens dévoyé et perverti de l'histoire, sans même le faire exprès. Tous les mots d'ordre intégristes ont été ignorés. Tournés en ridicule. C'est incroyable comme le sort d'un pays peut basculer grâce à un match de foot, Rac ! Ils ont interdit la mixité dans les autobus : échec total. Ils ont exigé le port obligatoire du foulard : zéro. Ils ont interdit l'école : aucun résultat ! Malgré la centaine d'écoliers assassinés sur le chemin de leur établissement ou à l'intérieur des classes. Formidable cette résistance de la population... ! Je t'avoue que je ne m'y attendais pas. »

Il s'allongea sur le lit et s'assoupit aussitôt. Flo le regarda dormir pendant quelques moments en fumant plusieurs cigarettes avec un plaisir très fort. Elle avait la preuve, maintenant, que sa féminité s'était à nouveau réveillée, après une longue abstinence. Comme une éclipse de son corps. Quand elle avait compris que le désir de Rac pour elle s'était émoussé, elle s'était recroquevillée à l'intérieur de sa vie et de son travail. Les quelques amants qu'elle connut ne lui laissèrent que peu de souvenirs. Elle entra dans une sorte d'endormissement paresseux, langoureux et plutôt agréable. Peu à peu Rac devenait son frère, son meilleur ami. Elle éprouvait pour lui une tendresse fraternelle et amusée. Maternelle.

Mais avec l'émergence du terrorisme qui s'est acharné sur les intellectuels, les gens simples et démunis, la population civile innocente, surtout celle des douars les plus éloignés, accrochés à des pitons arides et désolés, subissant des massacres ignobles et gratuits ; la peur aidant, l'envie de vivre de Flo se réactiva. Elle sentit le besoin de quitter cette hibernation. C'est ainsi qu'elle se lia à ce dentiste alors qu'elle considérait toujours Rac comme son seul et unique amour. Son homme. Son frère.

Ainsi la peur, la menace de mort qui planait constamment sur elle, le stress du travail difficile à l'hôpital et d'autres choses qu'elle ne cernait pas toujours n'étaient pas étrangers à cette remontée du désir dans son corps. L'excitation de la vie semi-clandestine avec son côté aventureux et imprévu cassa progressivement la routine qui s'était installée entre eux. Elle comprit que le désir pouvait naître de la peur, de l'envie angoissée de posséder l'autre. Sauvagement. Flo était redevenue femme. Sa vie s'était remise à l'endroit. Dans le bon sens. Alors que durant plusieurs années, elle était à l'envers, sens dessus dessous. Comme gâchée, gaspillée. Presque inutile. Semblable à celle de sa mère. Désensibilisée. Anesthésiée. Pendant que Rac dormait profondément, épuisé par la crise de nerfs et de frayeur qui l'avait tétanisé quelques heures auparavant, Flo se mit à regarder les photographies qu'il avait prises lors des trois folles nuits de la fin mai.

Alger. 26 mai 1995. Minuit. La liesse. Le carnaval. La houle. Foules. Huées. Cohues. Cafés chantants. Lumières. Guirlandes. Camelots tonitruants. Nabots. Clowns. Prestidigitateurs. Ombres chinoises. Marionnettes turques. Cinémas en plein air. Effusions. Rires. Surexcitations. Cris de joie. Slogans. Yamaha toujours imperturbable, le sifflet autoritaire.

Bâtonnets d'ambre. Ferveur réelle. Rangs de

supporters fidèles. Les femmes aussi nombreuses que les hommes. Le cortège passe devant la grande mosquée illuminée pour la circonstance. Tapis riches. Nattes. Cristaux. Voix mélodieuse de l'imam. Murmures. Splendeurs. Les arabesques et les vitraux. Les enfants étonnés, éblouis par ce déploiement de faste et de lumière. Coran. La foule chavire sous l'effet de l'émotion et de la ferveur. Elle entre en transe. Tournoie sur elle-même. Des garnements chahutent. Des groupes pris d'extase prient éperdument en balbutiant des formules incantatoires et des slogans sportifs, au bord de l'épilepsie et de l'extase. Des jeunes gens serrent les jeunes filles de près et se rincent l'œil devant ces corps qui ondulent et se cabrent dans des danses affolantes, érotiques et païennes.

Puis à nouveau la voix rauque et véhémente de Yamaha qui ramène les supporters à leurs cris, leurs slogans et leur passion pour leur club adulé. Seules l'adoration et la transcendance les aveuglent, d'autant plus que le beau mouvement de la foule ondoie, déferle comme une lave de volcan brusquement réveillé après une longue léthargie. C'est cette nuit-là qu'Alger n'eut plus peur. La pluie à nouveau. Une trombe d'eau s'abat sur la foule. Fraîcheur. Eau puisée et bue dans des pots en terre qui sentent la menthe et le goudron. Amertume prometteuse. Soif étanchée d'un coup. Ambulations.

Souks. Artères. Rues. Quartiers réservés. Soldats. Le cortège sillonne la ville. Va partout. Quelques prostituées chamarrées comme des pouliches se joignent à la liesse, à grands cris, scandalisées par certains regards et par l'odeur de mosquée que quelques-uns trimbalent avec eux.

Impasses obscures à traverser avant d'arriver à la grande place, transformée pour quelques nuits en un gigantesque bazar. Baraquements serrés. Loteries pour naïfs. Fêtes foraines. Stands de tir. Marchands de brochettes et de merguez. Vendeurs de sardines grillées sur du charbon de bois. Femmes à moitié nues, presque en transe. Musique. Tintamarre. Nains voltigeurs. Cafés débordant sur les chaussées livrées aux piétons. Poussière. Chaleur. Averse. Marchands de gâteaux. Amoncellements acrobatiques de beignets compliqués. Tréteaux. Cafés chantants où l'on s'écrase pour loucher sur un nombril profond, colmaté par une perle de pacotille, brillante cependant! Pickpockets à l'affût. Rengaines de raï, de musique andalouse et de tubes occidentaux. Étalages mirifiques d'épices et d'encens. Marchandes de poudre à faire briller les dents et rougir les lèvres. Charlatans. Devins drapés dans des soieries chatoyantes, accroupis à même le sol, découvrant l'avenir pour les autres en le lisant dans le sable comme s'ils ne se faisaient plus d'illusions sur le leur.

Constantine : 26 juin 1995

Cohues. Femmes saugrenues et parfois voilées dans la nuit de printemps. Elles vont par groupes, cinglantes et chaperonnées, refusant toute avance. Écœurantes. Kermesses. Les enfants resquillent dans les petites baraques où l'on passe des films muets : Charlot inénarrable. Bonheur surtout de n'avoir pas payé. Ils sifflent dès que le petit bonhomme essaie d'embrasser quelque dulcinée potelée. Récriminent dès que la séance d'un quart d'heure se termine. Il faut alors les chasser à coups de baguette. Les enfants sont dépassés par les événements, ahuris par les fastes incroyables qu'ils découvrent. Parfois ils arrivent à se faufiler dans les concerts orientaux et crient d'extase et d'amour chaque fois qu'une grosse mégère soulève très haut sa robe, les laissant rêveurs et perdus dans leurs supputations au sujet du sexe presque bedonnant et dont ils ne connaissent pas encore la fonction délirante. Puis, vite, ils rejoignent le cortège.

Marchands de jasmin. Sveltes. Fugaces. Irréels. Marchands de thé. Ébènes. Liquoreux. Balancés. Marchands d'encens, de vertige et d'angoisse. Seuls quelques supporters farfelus se souviennent des sortilèges et des caprices de la ville qui a changé de rythme. Qui retrouve une allure démoniaque dans laquelle elle va s'enfermer pendant plusieurs jours. Reniant ceux qui l'ont connue autre, rejetant ceux qui n'osent pas l'investir. La fête, toute dédiée et offerte à la gloire du C. R. Belcourt, bat son plein. Les supporters de toute espèce et de tout rang se souviendront longtemps de ces festivités vespérales que nul païen ne saurait entrevoir ; pas même en songe. Ils en savent trop et s'épuisent à vouloir se prouver au détour de quelque ruelle sombre ou en pleine place publique que leur joie n'est pas surfaite. Que leur club est le meilleur du monde. Certains badauds sceptiques, désabusés ou provocateurs haussent les épaules et ricanent devant de telles insanités. Crachent par terre. Se mouchent entre leurs doigts. Montrent ostentatoirement leurs pouces dont la première phalange est enduite de henné. Puis ils s'éclipsent parce qu'ils ont peur d'agacer les partisans du C. R. Belcourt qui a gagné la coupe d'Algérie en l'emportant 2 à 0, face à l'Olympique de Médéa.

Flo regardait les innombrables clichés pris par Rac. Les photographies représentaient cette foule bigarrée et enfantine qui défilait dans toute la ville, parfois sous une pluie battante donnant aux clichés en noir et blanc ou sépia ou bistré, un grain particulier. Une sorte de patine grêlée qui rendait les visages plus émouvants ou plus grotesques. L'impact des cotillons multicolores, des rubans phosphorescents et des pétales de fleurs fanés tranchaient sur la façon qu'avait Rac de photographier les gens, les scènes de rues, les escaliers d'Alger qui apparaissaient dans leur élévation surprenante comme un surgissement vertical, s'engouffrant violemment dans la matière de la nuit. Horizontalement, les escaliers prenaient une forme vertigineuse qui perturbait la vision habituelle des objets, des silhouettes et des architectures.

Flo contempla longuement les gros plans du visage imperturbable de Yamaha, de ses vêtements rutilants, que l'objectif rendait plus exubérants, de ses souliers grotesques et de ses gigantesques et inimaginables chapeaux.

Yamaha était une mascotte véhémente, avec, entre ses lèvres, le sifflet en or, sorte d'excroissance naturelle, de prolongement de ces lèvres lippues, de ce visage cabossé et fripé et de ce corps tout de guingois. Rac avait pris des clichés de Yamaha comme s'il pressentait son assassinat. Il apparaissait sous son déguisement, presque ahuri, le visage inondé d'une sorte de joie viscérale derrière laquelle se profilait une vindicte revancharde, une expression délirante, proche de la folie mais aussi de l'extase. Il avait des yeux de vainqueur. Une expression qui en disait long sur son soulagement. Grâce au regard particulier de Rac, les photos restituaient infidèlement la liesse qui avait débordé sur toute la ville, déteint sur tous ses habitants, éclaboussé ses façades et ses buildings ; enfreint l'heure du couvre-feu que même les policiers avaient oubliée, portés qu'ils étaient en triomphe par une foule déchaînée mais obéissant au doigt et à l'œil au sifflet de Yamaha, la mascotte au visage impassible avec des airs de Judéo-Arabe et quelque chose de nippon et d'aztèque, en même temps.

Quand Rac se réveilla, il dit à Flo : « Laisse tomber ces photos... tu sais que je n'aime pas trop qu'on les regarde... je me sens débusqué... tu sais Flo, je réalise que depuis que je vis sous la menace de la mort, je suis très bien... je vais bien... cette peur vient de l'extérieur. Avant, la peur était en moi, elle venait de l'intérieur, c'est la pire celle-là ! C'était épouvantable, invivable... tandis que la peur extérieure, c'est faisable, c'est gérable ! Vraiment je me sens bien... ou plutôt mieux... » Elle répondit : « Tu vois cette passion algérienne, j'ai bien fait de l'attraper... jamais je n'ai aimé autant ce pays... il finira par me dévorer... j'aimerais voir la gueule de ma grand-mère Jeanne qui a prédit que je serais dévorée par les Arabes... et celle de l'oncle Gustave... ah celui-là, aussi retors, chafouin, imbécile, couard et kafard que ton oncle Hocine... as-tu remarqué qu'ils se ressemblent physiquement... des sosies presque... et ta grand-mère, sur son lit de mort, elle avait les mêmes yeux que la mienne : furibonds, méchants et exterminateurs... jamais je n'ai autant aimé ce pays, Rac. Il m'a dévorée mais pas de la manière à laquelle pensait ma grand-mère. »

« Tu avais déjà des antécédents : ton oncle

Jean t'avait ouvert la voie... il connaît l'Afrique du Nord mieux que moi... sa passion t'avait contaminée toute petite... tu attendais son retour de Tunis, de Rabat et d'Alger comme le messie qui apporte avec lui une bouffée d'air frais, d'extravagance et d'histoires de là-bas qu'il te racontait en arabe ou en berbère. Tu ne comprenais rien ! Mais seule la musique de la langue t'intéressait... ah ! ton oncle Jean ! Phénoménal, Jean ! »

« Oui, c'est vrai... il m'apportait des poupées berbères, des figurines turques et des marionnettes arabes, des dattes, des figues sèches et des figues de Barbarie... c'est à six ans que j'ai vu pour la première fois une figue de Barbarie... j'ai croqué dedans et me suis horriblement blessée... l'oncle Jean était mort de rire... j'ai encore, dans la bouche, le goût de sang, mêlé aux grains et aux épines de cette drôle de figue... »

« Et dire qu'il était dans le R.E.R. lors de l'attentat commis en juillet 1995... il en sortit indemne. Comme durant la guerre de 1939-1945 qu'il fit à Sétif, puis à Monte Cassino. Comme il sortit indemne des griffes de son horrible mère... »

« C'est vrai. On a l'impression que l'Algérie le poursuit, lui aussi... n'empêche que c'est sa mère qui fut la cause de son mariage par correspondance... elle avait tout fait pour qu'il ne se marie pas avec Sarah parce qu'elle était juive... »

5

Rac, dans ses incessantes déambulations à travers les rues d'Alger, de Constantine ou de Bône, tombait trop souvent sur l'oncle Hocine, vieillard désœuvré et calamiteux qui passait son temps à jacasser dans les cafés et à arpenter les trottoirs de la ville à la recherche de quelque proie qu'il empoisonnerait de son venin verbeux et de son dard intarissable. Un après-midi Rac le vit là, planté en pleine rue comme s'il avait passé sa vie à ne faire que ça. Il ne se souvenait plus dans quelle ville. Il avait l'impression que le vieillard le suivait à la trace. Se déplaçait chaque fois que lui-même faisait un voyage. Comme s'il le guettait sournoisement. Comme s'il l'épiait, l'espionnait à longueur de journée. Il commençait à décliner sérieusement. Il était donc là debout, au milieu du carrefour, avec sa taille interminable et son visage chafouin qui n'avait plus sa suffisance et sa morgue d'antan. Ses yeux avaient l'expression idiote d'un demeuré.

Ses traits s'étaient comme racornis. Sa peau s'était avachie. Son cou nageait dans le col de sa chemise, tant il avait maigri. Squelettique, sa glotte proéminente bougeait, tournait comme une pastille d'une manière ridicule sur elle-même à l'intérieur de son col devenu maintenant trop large. Sorte de carton-pâte mâché et amidonné d'où émergeait un cou flasque, plissé, semblable à ces cous de tortue jouant à la girafe et levant la tête au maximum au-dessus de leurs carapaces grisâtres. Son cou sillonné de rides s'entrecoupant et se croisant à l'infini, sortait de ses épaules et de son corps devenu une sorte de pantin humain composé de muscles ramollis, de peaux fanées, effilochées et de tendons disloqués. Un tas composite qui ne tenait plus debout que grâce à ses habits. Ou tout au moins donnait-il cette impression avec ses yeux chassieux qui ne quittaient pas une seconde les yeux de Rac et les fixaient effrontément, épiant la moindre réaction, à l'affût du plus petit geste qui émanerait de son neveu, du plus petit mouvement de stupéfaction. De son côté Rac essayait de l'impressionner et de le faire parler, pour retrouver cette même fourberie, cette même méchanceté peureuse lâche et pleutre qu'il lui avait toujours connues, même à l'époque où il était en possession de tous ses moyens. Il lui apparaissait, dans cette position, comme s'il parlait avec sa bouche, ses yeux et ses mains à la fois.

La bouche de l'oncle Hocine remuait, éructait des mots d'une manière autonome et sans aucun lien avec le reste du visage. Les moustaches étaient tachées de tabac à priser d'une façon dégoûtante et les deux lèvres s'étaient mises en mouvement, bougonnant, marmonnant. Puis il cessa, brusquement, de parler comme une machine tombée en panne. On avait l'impression qu'il attendait une réponse, un commentaire sur ce qu'il venait de dire. Le vieillard n'avait pas cessé d'examiner Rac de ses petits yeux méchants, sournois, malicieux et rusés, tels les yeux de Gustave, l'oncle de Flo. Puis il reprit n'en pouvant plus d'attendre, impatienté par le silence de son neveu, sa logorrhée creuse qui parvenait comme du fond du monde, la voix cassée, enrouée, presque aphone.

« Et cette femme juive? Quelle terrible erreur! une faute grave, un vrai péché horrible, impardonnable, difficile à réparer... oh! je n'ai rien à dire : une femme gentille mais que veux-tu mon cher neveu, ce n'est qu'une pauvre couturière après tout et... une Juive surtout! une Juive! rien que cela! Avant de l'épouser, c'est ce qu'on a prétendu, elle a eu un tas d'amants, tu vois ce que je veux dire... (il hésitait et Rac se demandait s'il allait avoir le culot de prononcer le mot) c'est-à-dire... que... c'est une putain ! excuse ce mot vulgaire mais... (il se mit à glousser) il n'y en a pas d'autre quoi ! oui une putain et tout le monde le savait... un secret de polichinelle... sauf lui ton père qui n'était au courant de rien... un peu naïf mon pauvre frère mais il faut dire qu'il n'a pas eu beaucoup de pot avec les femmes ! et toi non plus d'ailleurs excuse ma franchise mon cher neveu, mais cette Flo où est-ce que tu as été la dénicher ? Où l'as-tu dégotée ? Tu n'as rien trouvé d'autre qu'une étrangère... toutes les filles magnifiques de la famille ça ne t'a pas plu, ça ne t'a pas suffi. Alors tu as voulu te distinguer... n'est-ce pas ? Une roumie quand même et quoi que tu fasses, elle le restera ! Une Française... tu as voulu jouer les héros... tu as voulu faire comme ton père, n'est-ce pas ? Lui aussi il en a fait de la politique. Douze ans qu'il a passés en prison... A cause de la politique... et maintenant te voilà coincé toi aussi... dans cette politique... ta condamnation à mort... tu... tu l'as cherchée, non ? » Rac finit par dire : « Mais de quelle Juive tu veux parler ? Je ne comprends rien à cette histoire de roumie non plus. » Et le vieillard fourbe : « Comment ça ? Tu ne sais pas que... qui est cette femme... tu n'es pas au courant ? ça alors tu m'en bouches un trou, je croyais que tu... » Et Rac le coupant agressivement : « Non, non je ne comprends rien à ce que tu racontes... tu radotes tu deviens gâteux... tais-toi un peu ! » Mais le Kafard continuait à marmotter tout seul.

Rac revint à lui, après avoir longtemps fixé l'espace devant lui, flanqué de l'énorme horloge de la grande poste ou de la gare centrale d'Alger ou de Constantine ou de Bône. Monumentale. Impitoyable. Rigoureuse. Il revint à son oncle toujours perdu dans le vertige de sa logorrhée qui ressassait les mêmes mots. Se répétait. Il parlait tout seul maintenant. Il soliloquait. Déblatérait. Rac comprenait alors que tout ce dont son imbécile d'oncle Hocine avait besoin c'était d'un public. D'un auditoire devant lequel il pouvait tourner sa vieille langue dégoûtante dans sa bouche, faire des mots, fabriquer des phrases, parler sans cesse pour dire des sottises, des méchancetés, des obscénités. Rac se rappelait confusément ses attitudes étranges envers sa mère qu'il ne cessait pas de caresser pendant qu'elle s'affairait à faire la cuisine avec un talent consommé qui lui était reconnu par tout le monde.

« Tu n'es pas le seul à porter ce nom... il nous appartient à nous aussi ce nom... et cette... et Flo, quel dommage... c'est une Française... quoi que tu fasses... une roumie et elle le restera... et cette vie que tu mènes avec elle... une vie de péché... tu as toujours cherché les complications depuis petit... il paraît que tu as failli tuer ton frère cadet parce qu'il était venu te rendre visite... ça m'étonne pas de toi... tu l'as jamais porté dans ton cœur... il paraît que tu l'as menacé de ton revolver parce qu'il t'avait réveillé... tu as toujours été un violent... tu as toujours beaucoup dormi... petit déjà, tu passais ton temps à roupiller... dire que tu as voulu assassiner ton frère... ça m'étonne pas d'ailleurs... tu n'as que ce que tu mérites... à vivre comme ça dans le péché... la violence et la peur... tu aimes ça, n'est-ce pas ? Tu as toujours voulu te distinguer... tu n'as jamais rien fait comme tout le monde... tu es trop vaniteux... oui, c'est cela ! vaniteux... c'est le mot que je cherchais depuis tout à l'heure. Prétentieux ! »

Brusquement Rac le planta là. Il s'en alla à grands pas. S'éloigna très vite. Puis quand il eut mis une assez longue distance entre eux il se retourna, narquoisement, agitant sa main dans la direction du vieillard sans enthousiasme ni entrain. Pour se payer sa tête, le mépriser. Il répétait : « Quel âne ! quel âne bâté ! » Alors que l'oncle cloué au beau milieu du trottoir avait l'air piteux de quelqu'un qui se sent abandonné, ignoré, méprisé, effrayant de solitude, falot et flottant dans ses vieux habits râpés et trop grands pour lui. Son visage raviné et déglingué, mal rasé, raturé, plissé et ridé, telle une loque fripée, un linge sale et froissé.

La vie à l'endroit

Les pastilles émises par le soleil inondaient la grande place à profusion, à tel point que des taches de lumière veloutée s'étaient mises à se refléter et à miroiter à travers les feuilles des platanes trapus et parfois gigantesques, sur ses vêtements et sur son visage, pendant que derrière lui se déroulait d'une façon synchrone et répétitive la toile de fond identique, le trafic incessant des voitures et l'activité exagérée des passants aux habits d'été légers et bariolés : jeunes filles bronzées, couleur d'ambre ; garçons athlétiques souples et sveltes tels des dieux se pavanant, tout à fait en contradiction avec la vieillesse de l'oncle, sa lenteur, sa laideur et sa décrépitude.

6

Toux. Avec le lever du soleil, les insectes, qui ont hiberné toute la nuit, redoublent de sagacité et tournent autour de cercles imaginaires ou à moitié esquissés dans l'espace. Ceci à cause du coloriage que les rayons foisonnants du soleil finissent par créer, à travers la palpitation des feuilles et des fleurs exubérantes du jardin retombant en grappes redondantes sur les vitres des fenêtres qui ont l'air d'être peintes en vert, alors qu'elles sont, en réalité, colorées de différentes nuances (violet, rouge, bleu ou jaune). Les voix, elles, resteront les mêmes, le restant de la journée, à quelque intonation près, même s'il est difficile de les déterminer avec précision, tant elles se ressemblent chez les différents membres de la famille, de passage, et les rares habitants permanents de la maison. Il en allait de même pour les bruits que Rac, alors enfant, passait des heures à capter et à épier. Ils n'avaient jamais changé depuis (la douche, le lavoir, la vaisselle, l'arrosage, le bruitage de la pluie, l'eau gouttant sur les arbres, tout particulièrement les mûriers, et le lavage des tapis) et il en allait de même pour les odeurs. Celles de l'enfance. Inchangées. Fétides. Molles. Il émanait de toute la maison une senteur tenace et aigre de levure parvenue du pétrin familial. Avec le chat noir, comme si c'était toujours le même, à humer son ombre dans un mouvement presque immobile. Le félin sauvage et irascible était souple, superbe, arrogant. Il traversait tout ce grabuge familial d'une façon indifférente, orgueilleuse et méprisante.

Il y avait, aussi, l'odeur des fruits suris, fermentés et écœurants comme celle du lait tourné et caillé ou du pain dont la croûte a verdi. Puis, à nouveau, cette odeur si caractéristique de la levure qui flottait par-dessus tout. Dominait tout et même le parfum entêtant des roses. La levure qui gonfle et lève sous l'effet des composés chimiques et avive l'embrasement de l'atmosphère surchauffée. Bruits aussi des ustensiles en cuivre, en fer ou en bois que l'on nettoie avec du papier de verre. La peinture écaillée audessus des murs s'effritait à cause de la vétusté de la vieille maison bombardée par la lumière crue de cette fin de juin annonciatrice des premières chaleurs torrides mais sèches et saines. Ravigotantes.

Constantine : 26 juin 1995

La lumière dévore tout ce qu'elle rencontre dans la chambre constantinoise dont l'essentiel se compose, en dehors de quelque espace vide, de fils et de cordes que Rac utilisait pour faire sécher les clichés des photographies après les avoir développées ; d'un lit qui l'aidait parfois à venir à bout de l'insomnie ; d'un vieux bureau, une antiquité dont le bois craquait la nuit, d'une vieille cheminée ronde de style turc aux formes rebondies et recouverte de faïence persane qui ne voulait fonctionner que lorsqu'il neigeait, et sur laquelle trônait une vieille théière en argent ciselé qu'il feignait d'utiliser pour faire du thé mais qu'il remplissait de whisky, en cachette de sa mère et des autres membres de la famille, chaque fois qu'il recevait la visite de ce rare, insolite et invétéré alcoolique, ami de son défunt frère qu'il avait surnommé le Laskar (*lascar*, n. m., 1610, de l'arabe *laskar* soldat. 1°, fam. : Homme brave, décidé, courageux. 2° : Homme malin, rusé ou qui fait le malin) ; d'une vieille planche coranique qu'il avait gardée non pour des raisons religieuses mais pour sa grande beauté et destinée – parfois – à tromper le fanatisme de certains voisins qui lui envoyaient l'un de leurs enfants afin qu'il lui explique un problème de mathématiques ou une analyse grammaticale ; d'un certain nombre de très vieux objets placés en ordre adéquat et recherché (antiques horloges en argent d'origine sicilienne, héritées par Kamar, la deuxième ou troisième épouse de son père, d'un ancêtre corsaire qui écumait les eaux territoriales de la région méditerranéenne ; vieux instruments de musique, abandonnés par les Français lors de la débâcle de 1962 ; énormes volières aériennes ; horloge à eau fabriquée au IIIe siècle de l'hégire par Ibn Chaker ; manuscrit d'Averroès – Ve siècle – et qu'aucune bibliothèque au monde ne possède ; premiers disques en fonte de 78 tours, enregistrés par Oum Kalsoum ou par El Hadj Mohamed el Anka, le maître de l'andalous algérois ; le plus vieil appareil de photographie qui aurait appartenu à Nicéphore Niepce, etc.). Çà et là des taches d'humidité mousseuses rampaient sur les murs qu'elles effritaient et écaillaient avec la lenteur des jours poussifs, des interminables années laissant des traces douteuses, tavelées de marques visqueuses et vineuses qui témoignaient de quelques beuveries en compagnie de Laskar, son vieil ivrogne d'ami.

Il y avait aussi, jadis, une tortue dans cette maison de Constantine. Elle appartenait à tante Fatma qui n'arrêtait pas de répéter, pendant toute l'enfance de Rac, en faisant allusion à Henriette : « Un Juif est un Juif et le restera jusqu'à la fin des temps, comme la pierre ne peut fondre, ni la putain se repentir. » Rac avait presque oublié l'existence du chélonien habitué à demeurer en permanence dans la chambre du patriarche où la vieille servante ne mettait jamais les pieds parce que la Juive y avait habité il y a longtemps et qu'elle y avait commis, selon elle, des actes obscènes et dégoûtants. Elle avait peur d'y relever, des années après, quelque indice de dissolution, quelque trace de dépravation ou quelque marque indélébile tracée là et jusque sur la trame des rideaux en tulle qui pendaient au-dessus des fenêtres. Avec en bas, Constantine, sa casbah, ses ponts suspendus au-dessus des gorges tumultueuses et boueuses du Rhumel. Rac se promit de restaurer cette vieille maison superbe mais quelque peu à l'abandon depuis une quinzaine d'années et de se débarrasser de quelques objets inutiles et encombrants.

« Cela fait des années que tu dis la même chose mais tu ne fais rien... », lui reprocha Flo. Il ne répondit pas, tout absorbé par la lecture de la une d'un journal qu'elle avait rapporté d'Alger et dont il ne pouvait plus détacher son regard.

7

TRENTE-DEUX VILLAGEOIS DONT DIX-SEPT ENFANTS EN BAS ÂGE ET HUIT FEMMES ÉGORGÉS SAUVAGEMENT À CHEBLI

Troisième partie

BÔNE : 26 JUILLET 1995

1

Bône : 26 juillet 1995. Souvenir tenace et obsessionnel à chaque retour dans cette maison : tante Fatma qui passait ses journées à courir derrière les enfants et à jeter sur le sol de la sciure de bois, de la limaille de fer et des détergents en poudre pour bien le frotter et le faire reluire. Elle se fatiguait beaucoup, aussi, à pourchasser les oiseaux mouillés par les pluies torrentielles provoquées par les orages d'été aussi soudains que violents. Les oiseaux venaient frapper aux fenêtres pour provoquer la pitié de la vieille bonne. Ils finissaient à force de ruse par pénétrer à l'intérieur de la maison, trompant la vigilance de la cerbère pour aller se cacher derrière les étagères ou derrière les meubles berbères, voire à l'intérieur du four à pain traditionnel, en terre cuite. A ce moment, la vieille ne savait plus comment réagir, perdait son savoir-faire et son art de la stratégie guerrière lorsque les pauvres oiseaux finissaient par casser, avec leur bec, les vitres des fenêtres et s'engouffraient à l'intérieur de la maison où ils mouraient des suites de leurs atroces blessures, dans de grosses flaques de sang, à la saison torride et humide de l'été bônois.

La vieille servante peinait à balayer les saletés que laissaient les enfants derrière eux et les cadavres des moineaux surpris et pétrifiés par le gel, l'hiver, quand ils avaient pu échapper à la vindicte de l'irascible domestique. La mère de Rac, au cours des premières années qui avaient suivi la mort de son fils aîné, n'avait plus quitté sa chambre et restait étendue sur le lit dans une solitude complète. Le décès de son fils l'avait tellement choquée qu'elle devint diabétique. Aussi passait-elle son temps à prier et à supplier Dieu d'accorder le pardon à son enfant prodigue et réfractaire à ce marécage familial, insalubre et nauséabond. Autres souvenirs, aussi, que Rac avait toujours gardés et qui l'avaient poursuivi sa vie durant. En particulier, celui de son incroyable grand-mère qui s'était fait photographier pendant son agonie pour laisser à sa descendance l'exemple terrifiant de sa force de caractère.

Photos de l'enfance, prises dans le jardin de Constantine par un petit bonhomme qui portait son appareil démonté en pièces dans un couffin pour tromper le zèle des policiers coloniaux parce que, militant nationaliste, il était interdit de séjour et de travail dans sa propre ville natale, et qu'il remontait aussitôt arrivé, en un tournemain, tel un prestidigitateur bourré de modestie. Rac savait que les clichés seraient médiocres car l'appareil était en très mauvais état, à cause – peut-être – de la vie instable et clandestine de son propriétaire ou de sa négligence. Pendant les fêtes, il arrivait, accompagné d'un enfant chétif qui portait sur sa tête une énorme malle en osier pleine de décors fantastiques, représentant des lacs trop cristallins, des nymphes très déshabillées, des arabesques joliment calligraphiées avec le nom de Dieu et de son prophète, des soleils tellement usés qu'ils avaient l'air de couler. Puis, le vieux photographe mettait son décor contre un mur blanc et glabre sur lequel il y avait toujours quelques lézards en train de gober des insectes de toutes sortes et se mettait à photographier les membres de la famille, un à un ou en groupe.

Comme il savait pertinemment que les enfants n'aimaient pas trop se faire prendre avec leurs habits ordinaires, le photographe attitré de la grand-mère apportait avec lui des dizaines de costumes excentriques ou des accoutrements d'époque. Il était très doux, affable, distingué et très patient. Il ne venait à la maison que sur convocation impérative de l'aïeule ! Dès qu'il déclenchait sa vieille mécanique, les membres de la famille ne jubilaient plus parce qu'ils pressentaient qu'ils étaient figés pour l'éternité dans ce décor irréel et cette posture risible et définitive, avec cette fixité presque effrayante dans les yeux. Tout le monde était terriblement angoissé de savoir qu'il y aurait dorénavant un double de lui que l'on passe de la main à la main et que l'on sort dans certaines occasions sur ordre de l'horrible et phénoménale ancêtre obèse, pesant son quintal et demi de graisse.

Enfant, Rac savait d'avance que les membres de la famille seraient déçus dès le départ du photographe. Lui, tout particulièrement, n'aimait pas être photographié, fausser le jeu et passer à travers le temps alors qu'il grandissait chaque jour un peu plus et que l'expression de son visage changeait constamment. De quoi a-t-on l'air face à une photo ancienne qui vous montre figé, effrayé et immobile ? Mais certains enfants de la famille en rêvaient, de ce jour de la photographie ! Cela mettait la pagaille dans leur tête et les rendait prétentieux. Les femmes, elles, en devenaient acariâtres ou lascives ou maniérées, des semaines durant, avant et après la prise de ces clichés restés légendaires dans la tribu, jaunis à l'envers et bistrés à l'endroit, tirés sur du papier de mauvaise qualité. Rac se rappelait donc et d'une façon obsessive la photo représentant son énorme et indescriptible grand-mère qui terrorisait tout le monde, assise en tailleur sur son lit de mort, en pleine agonie, impavide, arrogante et orgueilleuse. On l'avait habillée en vitesse, avant qu'elle ne rendît l'âme, avec sur la tête cette coiffe d'un rouge éclatant qui avait toujours fasciné l'enfant qu'il était, en forme de cône, avec les nattes épaisses et très noires qui pendaient de chaque côté de son visage resté intact, lisse et rose ; presque enfantin. Mais les yeux, déjà vitreux, hésitaient entre la mort et la vie et exprimaient une sorte de nuisance atavique, viscérale et surtout satisfaite d'elle-même.

« Après avoir traversé les jours bônois, somnambule, me voici à nouveau pris dans le piège des funérailles. Depuis le début, tout était barbouillé d'un brouillard épais, affublant ainsi le rôle du père d'un masque sombre sous lequel pointaient tant d'énigmes dont la signification m'avait toujours échappé. Mon père était à la fois proche (ses bureaux étaient situés à quelques mètres de la maison familiale) et lointain (désert de Gobi 10-9-1939). Même le frère aîné qui était le plus courageux d'entre nous ne sut jamais interpréter ses comportements extravagants. Il eut la malchance de mourir alors qu'il n'avait pas encore fêté ses vingt-cinq ans. Mon père était en voyage lorsque le télégramme nous parvint. »

Rac venait à Bône se réfugier dans la chambre qu'il avait occupée durant toute son adolescence. Il ouvrait la fenêtre et plaçait son bureau face à l'énorme bougainvillée volubile, exubérante et violette, frémissante et pleine de rumeurs. De l'étage du dessous, lui parvenaient les chuchotements de son père, le bruit des pas traînants de tante Fatma, le claquement de la jambe de bois de l'oncle Jaloul et les accès de toux de la belle-mère juive qui fumait trop. Il hallucinait et restait alors immobile des heures durant, fixant les bougainvillées violettes, jaunes ou rouges du jardin bônois dont les branches de devant semblaient peintes, brillantes, ripolinées, à cause de l'éclairage de la lampe de bureau, la nuit, qui se projetait sur les parties les plus proches de la fenêtre. Derrière Rac se faufilait l'inextricable géométrie des cordes tendues sur lesquelles séchaient, là aussi, les épreuves photographiques épinglées qui se croisaient, se découpaient et se recoupaient à travers l'espace restreint de la pièce ; et qu'il trimbalait partout où il allait, depuis toujours. Il restait là fasciné par ces arrière-boutiques obscures où grouillaient tous ces souvenirs, sachant pertinemment que toutes ces voix et tous ces bruits n'étaient que des réminiscences à la limite de l'hallucination, de l'obsession et d'un peu de complaisance.

Rac ne se cherchait ni prétextes ni excuses. Toute réhabilitation est fausse par définition, répétait-il à Flo. Il croyait en avoir fini avec cette époque infecte où il s'entêtait à refuser le monde tel qu'il est. Il est là, face au jardin et au ressac de la mer entrevue au loin, à essayer de comprendre pourquoi tout ce sadisme, cette démence et cette cruauté des intégristes qui ne tuent pas mais égorgent, décapitent, violent les petites filles et les petits garçons, mutilent leurs victimes avec perversité, ouvrent les corps des bébés à la façon rituelle de ceux qui appartiennent à une secte dans laquelle officiait un nain réputé pour sa sauvagerie et sa férocité. Il était l'égorgeur attitré de ces groupuscules. Rac ne voulait pas croire à cette histoire colportée par la rumeur publique. Il la trouvait trop surréaliste et de très mauvais goût jusqu'au jour où il vit la photo du nain, dont la tête avait été mise à prix par les autorités, s'étaler dans les journaux et sur les murs des villes. Il alla jusqu'à trouver une certaine ressemblance entre l'ignoble égorgeur et Yamaha. Flo fut choquée par de telles insanités émises par Rac.

Mais elle aussi racontait comment elle avait souvent vu à la morgue de l'hôpital des cadavres sans tête. Têtes qu'on retrouvait dans le ventre d'autres cadavres ouverts à coups de couteau et recousus avec du gros fil de fer. Elle n'osait pas toujours détailler les horreurs commises par ces déments, de peur d'effrayer Rac qui insistait pour qu'elle lui dise tout, ne lui cache rien. Il voulait savoir pour mieux comprendre et avoir des arguments pour forger cette notion de l'inconscience désinvolte qu'il avait décidé de cultiver et de développer.

La perversion sexuelle et les tendances mortifères des fanatiques dénotaient une pathologie effrayante. Il était au courant des fillettes violées dont on découpait les clitoris pour les coudre sur leurs lèvres. Il avait vu à la morgue les organes génitaux des victimes arrachés avec les mains et enfoncés dans leurs bouches. Il voulait voir et savoir pour comprendre et résister ; cultiver non pas la haine mais une sorte de rancune détachée pour ne plus être à la merci de n'importe quelle faiblesse ou de n'importe quelle hésitation. « Toute tergiversation est un crime odieux », se disait-il.

Flo rapportait aussi ces nombreux cas de jeunes sœurs enlevées et violées par les petits chefs de guerre qui les repassaient à leurs adjoints ou à leur soldatesque après les avoir dépucelées et torturées sadiquement. Par paires. Parce que, disaient les assassins, « les sœurs sont de même sang, donc interchangeables » ! Il n'y avait à leurs yeux aucun péché, aucun crime dans ces pratiques inconcevables, rendues licites et légitimes par les tueurs eux-mêmes qui décidaient de s'octroyer le rôle de juge, de prêtre, de violeur et d'exégète coranique. Sans aucun humour. Sans aucune hésitation. Sans aucune esthétique du crime. Sans envergure ! Flo et Rac étaient tous les deux fascinés par le fait que seules les personnes intègres et honnêtes, les dissidents de longue date et les modestes citoyens étaient assassinés. Alors que la racaille corrompue était épargnée. Que les gros barons de l'ancien système qui avaient sévi pendant un quart de siècle continuaient à se la couler douce et donnaient des satisfecit éloquents aux tueurs.

Flo vomissait chaque fois qu'il la sollicitait au sujet des photographies des victimes réalisées à la morgue par les services médico-légaux. Elle l'accusait de curiosité malsaine et morbide, de voyeurisme pervers et maladif. Il en pleurait alors de rage et d'attendrissement. Elle le consolait comme elle pouvait mais souvent elle le quittait brusquement et se hâtait de rentrer à Alger sans rien lui dire. Livide. Les yeux absents. Hagarde.

Rac ne supportait pas, chez elle, cette fragilité et cette sensibilité. Il répétait : « Laisse tout ça de côté pour le moment. Provisoirement. Laisse la compassion, le chagrin et tous les bons sentiments humains en dehors de toi... déshumanise-toi, en quelque sorte ! C'est la seule façon de garder sa vigilance intacte. Je ne suis pas un monstre mais j'ai besoin de m'endurcir. Tu sais qu'il n'y a aucun cynisme dans tout cela. Pas même de la haine... tu le sais... juste une sorte de lassitude, de rancune, une tentative désespérée, peut-être, pour atteindre le maximum de lucidité et mieux assumer notre propre mort et surtout celle des autres. Celle de toutes ces victimes expiatoires des égorgeurs dégénérés par le fanatisme, la haine et la drogue. La drogue, Flo ! tu le sais bien. C'est une thérapie, cette façon de vouloir être inconscient, désinvolte et serein devant tant d'horreur... juste une thérapie. Regarde vivre les gens ordinaires dans leur vie ordinaire. »

C'était le mois de ramadan : les foules investissaient les terrasses, les cafés, les chaussées et les trottoirs ; se livrant à des bavardages interminables et tournant en rond jusqu'à devenir des algarades à la limite de la dispute pour des futilités, parfois. Comme un jeu où l'essentiel consiste à maîtriser le temps et le perdre, à happer les jours et les épuiser. Rac se faufilait régulièrement dans ces lieux où sa fascination restait intacte et où il avait l'impression de se ressourcer dans un anonymat total et propice. Il regardait les consommateurs jouer aux cartes, aux dominos ou aux échecs et, parfois, il lui arrivait de participer à ces tournois grandiloquents et emphatiques où l'art d'énerver l'adversaire est poussé vers des sommets insoupçonnables et où l'enjeu – déplorable – consiste à payer des tournées de cafés, de limonades ou de bières.

Au cours de ces soirées, il y avait comme une jubilation dans l'air mais il n'était pas dupe parce qu'il connaissait les limites de la mauvaise foi de ces joueurs inamovibles et invétérés et l'art qu'ils ont à finasser avec eux-mêmes, dans une atmosphère surfaite, paradoxale et délirante. Foules bigarrées donc. Femmes chamarrées. Faux dévots. Cohues inextricables. Mendiants grincheux et effrontés. Vertiges encore. Tourbillons incessants. Magie du verbe et du commérage de café à belote et à dominos. Et ces étalages faramineux et colorés qui tiennent du miracle et de l'astuce : fruits, légumes, poissons et viandes étalés avec un art et une dextérité incroyables mais inaccessibles aux plus démunis. Rac aimait ainsi s'intercaler dans ce quotidien que les gens savent dégoter à tâtons, avec des précautions nombreuses mais, aussi, avec une passion et un enthousiasme qui forçaient son admiration et le laissaient penaud, lui l'intrus ou tout autre pessimiste ou peureux ou empêcheur de danser en rond. Un quotidien pourtant difficile, routinier, abracadabrant mais d'où surgit toujours quelque panache insensé et inattendu, quelque virtuosité incroyable à vouloir vivre goulûment ou quelque pirouette clownesque où le désespoir n'est pas de mise. Mais avec un soupçon de dérision. Même s'il y a des zones d'ombre que la peur hachure çà et là et qu'on ne montre pas parce que ce serait un véritable sacrilège que de céder à l'angoisse ou à la panique, comme ça, devant tout le monde.

Rac revenait de ces soirées effervescentes, gonflé à bloc. Rassuré. Fier de ses concitoyens et de lui-même. Il perdait ainsi le sens de la mesure et se mettait à traverser les jours, extasié, excentré de lui-même, hors du bon sens commun. Extatique. Il en devenait intraitable et les membres du réseau ne savaient plus par quel bout l'aborder. « Sans les réseaux, ressassait-il dans ces moments particuliers, la secte des assassins aurait continué à nous tirer un à un comme des lapins... C'est à cause des réseaux qu'il n'y a plus de victimes parmi nous... Nous sommes devenus inabordables... Certes, il y a le travail de la police, mais pas seulement. Maintenant la secte des assassins (de l'arabe *hashashin*, حشاشين, fumeurs de hashish ; secte chiite ismaélienne, 1090-1097, organisée en société secrète. Ses membres fanatisés sous l'effet de la drogue s'attaquèrent d'une façon sauvage et barbare aux intellectuels et aux étrangers, en particulier. Ils assassinèrent le poète Nidham el Moulk en 1092, Raymond de Tripoli en 1094 et Conrad de Montferrat en 1095) s'en prend aux paysans les plus pauvres, les plus isolés et les plus vulnérables. Parce que sans défense. Un jour ils trouveront eux aussi les solutions adéquates... »

2

La première fois que Rac avait exprimé si durement sa façon de voir les choses, c'était dans cette maison familiale, sur les hauteurs de Bône où la famille avait emménagé après avoir quitté Constantine, au début de son adolescence. Il avait essayé de développer là, calmement et minutieusement, cette théorie de l'inconscience devant Flo qui, exaspérée, décida, aussitôt, de repartir en voiture pour Alger. Elle le laissa seul, alors qu'elle avait quelques jours de congé. « De répit », disait-elle d'habitude. Mais Rac ne s'acceptait plus. Éternellement noué. Coupable. Contradictoire. Indécis. Éternellement fragile et entortillé dans ses hésitations et ses excès. Que de fois il avait baissé la tête, s'était vautré dans l'humiliation et la lâcheté la plus visqueuse ; avait uriné dans son pantalon, lorsque, enfant, son père le terrorisait pour un rien, le corrigeait avec une sauvagerie inouïe pour une faute involontaire, le tabassait cruellement pour une maladresse enfantine.

Souvent l'idée d'assassiner le patriarche l'avait tenté mais à la dernière minute sa lâcheté prenait le dessus. Adolescent il aimait pleurer dans le noir et uriner dans les lavabos : « Où ai-je appris tant de docilité ? » se demande-t-il, en ce moment précis, jailli comme une source souterraine et violente de la nuit immobile et bloquée, alors qu'une bougainvillée jaune fluorescent donnait presque l'illusion de s'engouffrer dans la chambre, avec ses branches, ses branchages, ses ramifications, ses feuilles, ses folioles. Il réalise, alors, qu'il aurait fallu, à l'époque, faire sauter ce verrou du père, décortiquer ce malentendu, démonter cette énigme, mettre en pièces son hégémonie et sa cruauté. Quitte à s'enfoncer dans les profondeurs insondables du meurtre, de la folie ou de l'alcoolisme brutal et dégénéré.

« Si je n'avais pas en moi cette culpabilité originelle, je n'aurais pas honte de ma condition actuelle, de ma position de force pour continuer à cultiver la haine du père et de tous ces criminels nuisibles. Au lieu de tout faire pour me calmer, trouver des circonstances atténuantes, les plaindre et les défendre... et Flo qui ne m'est d'aucun secours sur ce plan-là. Elle a trop de pitié pour les assassins... au nom de quelque populisme ou idéalisme stupide et injuste.

Immoral. Tout cela est immoral... je dois m'entêter à réaliser mon désir brûlant, m'y cramponner comme un ver grouillant dans la plaie, empêcher l'acuité de cette vieille envie, la haine du père dévastatrice et la rancune définitive contre les intégristes prédateurs et barbares, de s'émousser ; ne pas la laisser me glisser entre les doigts ; mais au contraire, ériger la révolte, la rancune et le souvenir des morts injustes et inqualifiables en point de fixation, en abcès ouvert, d'une façon permanente. Fonctionner dans la désinvolture absolue et l'inconscience active... »

Il reste là à méditer silencieusement devant la fenêtre ouverte. Le bruissement des bougainvillées circule sous sa peau et jusque dans ses entrailles pour lui rappeler les souvenirs de l'enfance, les facéties et les horreurs commises, en compagnie de ses frères et sœurs, ses cousins et cousines dans ce même jardin bônois. La nostalgie vrille en lui. Il a tout à coup envie de revoir tous ceux qui ont été les complices de l'enfance. L'un de ses cousins est devenu un commerçant riche et parvenu. Un autre, un opportuniste corrompu. Même les filles ! Elles ont changé. Femmes d'affaires. Mères de famille nombreuse. Névrosées chroniques. Obèses nourries aux gâteaux au miel et aux loukoums gélatineux et saupoudrés de sucre fin, roses, dégoulinants...

Depuis une dizaine d'années que sa vie est

en danger, les souvenirs l'accaparent et l'accablent. Son cousin Kamel lui avait appris à se masturber et aujourd'hui il se pavane avec une démarche de petit arriviste corrompu jusqu'à la moelle, minable, son gros ventre rempli de la meilleure bière de luxe qui existe au monde et le cœur bourré de morale à bon marché, d'attendrissement pour ces jeunes intégristes paumés qu'il va falloir ramener sur le droit chemin avec l'aide de Dieu, disait-il à Rac, sournoisement; pour l'énerver et se payer sa tête.

Et maintenant qu'il a pu maîtriser ce sentiment fluide et fuyant, visqueux et lisse, Rac ne veut plus le laisser se rétracter, se dissiper ou s'effriter (comme son frère a effrité son foie dans les verres d'alcool où il l'a laissé trop longtemps fermenter) ; s'éparpiller (comme son père avait éparpillé sa vie entre les capitales du monde et les cuisses des femmes de toutes les races y compris la race nègre, malgré son racisme notoire). Il ne veut pas laisser s'évaporer ce sentiment. Au contraire il veut le maintenir et le sauvegarder. Il ne veut plus se ramollir. Mais il entend toujours la vieille servante claudiquer en montant l'escalier. Il sait qu'il s'agit d'un simple fantasme mais il n'arrive pas à le faire cesser définitivement, malgré toute sa volonté et toute sa violence.

Il continue, aussi, de voir en rêve la vieille marâtre juive en train de sangloter parce qu'elle a peur d'être enterrée dans le cimetière israélite. Son père expectore dans un crachoir en argent, dernier vestige de son passé fabuleux et signe indiscutable de son orgueil, de son fanatisme, de son dédain, des mauvais traitements qu'il avait infligés à son fils, avec une cruauté dont il n'a toujours pas saisi la raison, et de sa féodalité. Et Yamaha qui hante maintenant son sommeil et qui vient presque chaque nuit lui emprunter son burnous en poil de chameau, parce qu'il a très froid. Ce même burnous qu'il portait pendant ces trois nuits de liesse ; durant lesquelles il n'a pas cessé de photographier la mascotte du C.R. Belcourt, la foule, le charivari, le délire.

Rac veut nourrir cette révolte torride au-delà de toute limite de temps et d'espace. Il reste toujours frustré et insatisfait, même après avoir réuni une collection de photographies représentant toutes les épouses et toutes les maîtresses de son père (y compris la Juive dont le statut et la conversion à l'islam n'avaient jamais été vraiment élucidés à ce jour) et celles de sa grand-mère paternelle dont le mauvais caractère et la forte personnalité avaient largement dépassé les frontières de la famille. Elle avait dû influer sur le caractère jouisseur de son fils aîné, la veulerie de son fils cadet et l'extravagance suicidaire et loufoque de son petit-fils. Elle avait obligé ses enfants à la faire photographier, le jour de sa mort, assise sur son lit à baldaquin, avec tout ce qu'elle portait sur le visage de fatuité, de suffisance et de bêtise ; habillée qu'elle était de sa plus belle robe en velours garance. Quant à son corps, il évoquait le voyage entre la décomposition et les vers, la transfiguration des phénomènes de la vie et la pratique du pouvoir familial qui lui était échue, malgré la mort toute proche. Elle donnait l'impression d'exprimer une généalogie du sang et les liens qui existaient entre les différents membres de son corps recroquevillé sur la friabilité des choses, comme si elle avait voulu garder un rang respectable et hautain, à égalité avec la mort.

Flo, en regardant cette photo de l'aïeule que Rac gardait jalousement dans son portefeuille, depuis une vingtaine d'années, pensait souvent à la méchanceté de Jeanne, sa propre grand-mère, aussi exécrable, aussi infatuée de sa personne, aussi cruelle avec son entourage et en particulier envers Marie, sa fille détestée et haïe, accusée de tous les mauvais sorts et de tous les crimes du monde.

Rac voulait donc laisser se développer, à l'infini, cette notion d'inconscience désinvolte, froide, cynique et rigoureuse. Il voulait qu'elle prenne racine, devienne touffue et exubérante, à l'image de l'énorme mûrier constantinois opulent et centenaire qu'il avait toujours connu depuis qu'il avait ouvert les yeux sur le monde et sur le jardin familial ; à l'image des magnifiques bougainvillées bônoises, fragiles, vaporeuses et irréelles dont les branches continuaient à s'interpénétrer, à s'enchevêtrer, là, devant lui, alors qu'il était toujours assis derrière son bureau.

La nuit était tombée depuis plusieurs heures et la lampe électrique avait accentué la tonalité brillante des fleurs translucides et augmenté l'opulence et l'exubérance des arbres centenaires acclimatés à l'air marin et lagunaire comme au soleil, au sable et au givre, de longue date. Comme ils s'étaient habitués à leur propre exubérance et à leur propre épanouissement. Les oiseaux, cachés à l'intérieur, émettaient des sortes de frémissements frileux, froissés et invisibles. Rac restait là, attentif, à l'affût de leurs geignements, alors qu'ils étaient en train de dormir, les têtes rentrées entre leurs ailes. Il était ébloui.

Flo était repartie pour Alger plus préoccupée. Elle avait l'impression que Rac était en train de craquer. Comme s'il était, déjà, devenu autre que lui-même. Comme si sa violence toute théorique l'avait défiguré, dénaturé, déshumanisé. Elle sentait qu'il s'enfonçait dans une schizophrénie lucide mais dangereuse pour son équilibre. Avec tous les défis qu'il se lançait ! Il jeûnait souvent, pendant plusieurs jours. Il s'obligeait à ne pas boire une goutte d'alcool ni à fumer une seule cigarette, pour se prouver qu'il n'avait pas peur. Il refusait tout palliatif. Toute fuite en avant. Toute aide. Elle s'inquiétait qu'il collectionne les bouteilles d'alcool, les cartouches de cigarettes et des stocks d'aliments et de plats cuisinés, sans y toucher pendant des semaines. Pour résister à l'épreuve, au manque et à la boulimie.

Mais elle le connaissait bien. Elle savait qu'il ne tuerait jamais. Qu'il ne tomberait pas dans le traquenard de la vengeance. Le réseau dont il faisait partie n'avait qu'une seule fonction, qu'une seule finalité : protéger ses membres et prévenir les attentats éventuels qui seraient commis contre eux. Une sorte d'autoprotection. Elle savait aussi que ces notions de désinvolture et d'inconscience dont il parlait tant n'étaient qu'une façon de contourner le mauvais sort, les mauvais coups, les terribles paniques et, surtout, cette façon de vivre la vie à l'envers, sur le qui-vive, aux abois. Elle savait qu'avec ces théories farfelues, Rac combattait, efficacement, sa peur et la tentation du suicide qui l'obsédait depuis toujours, depuis l'enfance incroyable. Ainsi, et à sa façon, il essayait de remettre les choses à l'endroit.

3

Rac savait que tous ces fantasmes morbides vieillots et répétitifs jusqu'à la nausée et la lassitude, n'étaient qu'une mécanique dérisoire plaquée sur sa sensibilité pitoyable et pathétique qui les faisait grossir et les rendait excessifs. Effrayants. Terrorisants. Il faisait souvent des crises de tétanie qui le clouaient à son lit des jours entiers. Il disait à Flo quand il la rencontrait de loin en loin comme pour se convaincre lui-même, comme pour calmer son désarroi : « Toute cette peur depuis quatre ans, non depuis sept ans maintenant ! c'est très excitant. C'est une esthétique du corps. De son propre corps et du corps des autres. Et puis j'ai toujours eu peur. D'aussi loin que je me souvienne. J'en ai la preuve par cette remontée des frayeurs de l'enfance, comme une remontée de lait chez une femme, que je croyais oubliées : le cercueil de mon frère, se balançant au bout d'une grue dans le port de Bône quand j'avais quinze ans ; la tante Fatma écrasée par le tramway sous mes yeux quand j'avais huit ans ; l'oncle Jaloul pendu à une corde avec seulement sa jambe de bois qui oscillait comme un pendule imperturbable et grotesque, alors que le reste du corps demeurait parfaitement immobile, quand j'avais onze ans... Et les phénoménales corrections de mon père qui m'amenaient régulièrement à l'hôpital. »

« Et maintenant tu collectionnes les photos des corps abattus, égorgés, mutilés, décapités, tous ces cadavres horribles de la morgue, tous ces visages souillés ! » Rac la coupa : « Tu veux dire tous ces visages humiliés ! » « Oui humiliés si tu veux, poursuivit Flo. Je ne devrais pas te les apporter. Je les vole pour toi, à l'hôpital, mais j'ai tort. C'est une autodestruction mortifère. »

« Mais non, regarde les cartes postales de mon père je les ai collectionnées, aussi, ça m'a permis de vivre, de survivre, de le comprendre un peu et même de l'aimer certains jours... tu as été toujours quelqu'un de la confrontation, Flo, pas de l'affrontement... de la confrontation... ! C'est ce que je fais avec ces photos de cadavres mutilés que tu me ramènes de la morgue... je me confronte à elles... pour la mémoire... mais je n'ai toujours pas la photo de Yamaha après son assassinat ! tu me promets de me la trouver celle-là... »

« J'ai vu son cadavre à la morgue. Il avait un visage serein... étonnamment serein. »

« Tu vois c'est mieux une balle dans la tête. »

« On ne va pas recommencer ! »

« Si ! si ! tous les jours. Toutes les minutes... toutes les secondes. En parler pour ne pas mourir, pour ne pas banaliser... tout ce que veulent les assassins c'est nous terroriser... en se confrontant à l'horreur, nous n'avons plus peur... plus d'épouvante ! C'est avec sa propre déchéance que l'on réchauffe sa passion. Je me sens déchu mais avec une passion formidable du monde et une tristesse insondable face au désastre de la condition humaine, en même temps. » Flo le laissa dire. Elle était atterrée. La tombée de la nuit accablait Rac de solitude et renforçait le sentiment de cette vie traquée et harcelée qu'il menait et de ce destin infernal dans lequel il se sentait à l'étroit. Cette sensation le submergeait certains jours et s'installait dans son ventre. C'est à ce moment-là qu'il éprouvait la certitude de sa mort inévitable, nécessaire. Irréfutable. Flo était là. Elle pensait : « Pour lui, mourir d'une balle dans la tête ce n'est pas mourir. Mais une balle dans le ventre c'est terrible. C'est plus inquiétant. Très douloureux. L'agonie dure longtemps avec une balle dans les entrailles. Dans ce cas-là, la mort n'est plus un destin, c'est une ignominie, une humiliation, une dégradation insupportable. Une déchéance. Un contre-destin. » Puis elle dit tout haut : « Tu sais, Rac, vieillir et se sentir vieillir c'est quand un jour on découvre qu'on ne court plus derrière le temps mais que le temps s'est installé dans votre corps et qu'il se développe comme une gangrène, un chancre. C'est alors que l'on est ravagé. Irrévocablement. Tous ces défis que tu te lances te fatiguent... te vieillissent... tu as pris dix ans cette année... ces défis sont trop éprouvants... cette culpabilité, aussi ! Tu n'es pas responsable du sort de tout un pays... il fallait que cela éclate... maintenant l'abcès est crevé. Le pays a appris à regarder sa gueule dans une glace. Sans esbroufe... sans mégalomanie... sans orgueil démesuré. Il se réadapte à la réalité. Tu as passé des années au maquis et en prison... et tu te crois complice de ces salauds qui ont mené le pays à cet abominable cul-de-sac. Arrête, Rac... »

Rac ne répondit pas. La nuit était totale. « Se suicider c'est quoi au juste ! demanda Flo. C'est se détruire ou agir sur soi-même ? » « C'est agir, c'est se mettre en acte pour soi-même et se mettre en scène pour les autres. Dans tout suicide il y a le meurtre de l'autre. Des autres. Et la mise en scène pour se faire aimer ou détester, après l'inéluctable néant infligé à soi-même, injecté dans son propre corps. C'est pourquoi c'est essentiel le chagrin, tu sais ! » Flo dit tout bas : « Tu veux mourir avec une inconscience complète de ta mort ? Moi je veux le contraire : je veux avoir une conscience aiguë de la mienne... c'est pourquoi une balle dans la tête ne me satisfait pas comme façon de conclure une vie, clore une destinée. Pas un destin ! Non pas ça ! terminer une chose qu'on a commencée, quoi !... mais je comprends ton désir... tu as toujours été un terrible maniaque. Trop méticuleux. Il suffit qu'on déplace une salière, un cendrier, n'importe quoi pour que tu t'empresses de les remettre à leur place. Que de fois je t'ai vu ramasser les papiers sales, dans la rue ! Par civisme... C'est ce que tu appelles les choses à l'endroit. »

« Non, c'est ce que j'appelle mettre la vie à l'endroit... Pour un chirurgien, tu te poses là... »

Rac voulait, avec ses collections de photographies, calmer sa hantise du suicide et ses idées fixes ; les atténuer, les dédoubler ou les hachurer, selon un rythme obsédant et apocalyptique, capable d'écrabouiller sa tête, de l'enserrer dans un étau douloureux, de la mettre en bouillie, grâce à l'injection ou à l'infiltration d'éclairs innombrables, de spots lumineux répétitifs et ininterrompus, bleuâtres et brillants, blanchâtres et pâles. A tel point que ces obsessions, ces souvenirs, ces fabulations, ces arrangements du réel, ces maquillages de la réalité, en somme, toute cette mythomanie, étaient capables de disparaître parfois dans un déluge des petits points minuscules dont l'air était bourré, ou des petites pastilles microscopiques rouges et vertes qui imprégnaient le jardin. Avec les fleurs et les feuilles des bougainvillées de différentes couleurs, frémissantes, furtives et fragiles, il avait le sentiment d'un cruel et joyeux papillonnement froissé et fripé, organisé autour d'un axe fondamental : la mémoire de l'enfance.

Dans cette maison de Bône, Rac essayait d'être conséquent, douloureux et capable de vivre avec cette plaie purulente et boursouflée. Sa chienne de vie ! Il était aussi prêt à continuer à s'enfoncer à l'intérieur de cette zone cachée de la conscience, sorte de nébuleuse, insondable, informe et vague, avec ses arrière-pensées horribles, ses actes manqués, ses idées préconçues. Il voulait, il essayait d'accomplir un effort déterminant non seulement pour connaître la vérité et s'y installer définitivement mais surtout pour se prouver qu'il n'était ni lâche ni rancunier ni corrompu ni dissolu. Il ne cessait plus de faire l'apologie du parti pris et de la subjectivité. « Je t'en fous moi de l'objectivité ! répétait-il à Flo. Ça n'existe pas, l'objectivité, même en physique ! L'homme est au centre de tout : de lui-même, du monde, de l'autre... je t'en fous de l'objectivité... une invention d'historiens, de sociologues et de politiciens ou débiles ou hypocrites ou intéressés ou carrément véreux... seule la subjectivité fait fonctionner le monde... le reste : de la foutaise, Flo ! Regarde le pianiste... il a fait mieux que se suicider lui... il a été jusqu'au bout de lui-même. Il s'est brisé les dix doigts. Ça c'est un acte prodigieux. L'acte parfait. La quintessence des choses... »

Il était encore, à son âge, en quête de modèles : son ami amputé pour la vie, son père terrifiant, son frère happé par la mort en pleine jeunesse et qui, dans les années 50, passait ses nuits à opérer les militants du F.L.N. à Paris jusqu'à sa capture. Torturé, assassiné et renvoyé en Algérie dans un cercueil en chêne, scellé à la cire rouge des services sanitaires, comme un ruban chatoyant et neuf qui ne faisait qu'approfondir ce sentiment d'absurde dérision. Mais maintenant, Rac était obsédé par toutes ces victimes assassinées par les terroristes, connues ou inconnues, et d'où émergeait la gueule de Yamaha. Avec son pauvre corps handicapé, débordé par ses os, ses bosses et ses saillies, çà et là, pêle-mêle, dans un désordre incroyable. Une mascotte pas comme les autres. Plus authentique. Plus sincère. Et surtout plus émouvante. Yamaha, mort assassiné, la tête criblée de balles, de gros trous. Yamaha, dont il réclamait avec insistance une photographie à Flo, avait quelque chose de plus. Il était extatique. Il sourdait de lui une sorte d'éclat qui en faisait un pitre essentiellement métaphysique. Malgré ou grâce à ses uniformes chamarrés, son sifflet en or, ses chapeaux provocateurs et ses souliers arrogants.

A force de regarder ces affreuses photographies et le couteau de boucher que ses assassins qui l'avaient manqué de peu en août 93 lui avaient laissé pour le paniquer et dont il avait fait un trophée de guerre, une preuve intangible de leur échec, Rac finissait par être malade. Pris de nausée, il quittait sa chambre et allait dans la salle de bains vomir des choses gluantes et glaireuses. Il revenait ensuite s'étendre sur le lit et essayait de tromper l'insomnie. Il ne pouvait plus alors endiguer les souvenirs précis et détaillés de la mort de tante Fatma écrasée par le tramway électrique, à Constantine.

Toutes ces tentations à vouloir braquer son attention sur les éléments essentiels de sa vie avaient été vouées à l'échec. Incapables de l'aider à atténuer quelque peu ce sentiment affolant, elles l'avaient, au contraire, encombré de toutes ces autres morts dues au terrorisme et dont il s'était mis à collectionner les photographies prises à la morgue par les services de police. Et quand il venait se planquer dans les vieilles maisons de sa famille ou les caches sordides du réseau, il passait beaucoup de temps enfermé dans sa chambre à regarder toutes ces victimes assassinées, défigurées, traumatisées, comme étonnées de ce qui leur arrivait. Comme interrogatives. Dont Yamaha.

Flo s'était engouffrée à dix-sept ans dans sa passion algérienne d'une façon instinctive mais aussi pour réagir contre l'attitude de son père pour qui elle n'éprouvait aucun sentiment, mais dont elle admirait le courage et l'abnégation dont il avait fait preuve pendant la résistance contre l'occupant allemand. Déçue par son arrivisme et la corruption qui l'avaient happé dès la Libération, en 1946, Flo gardait ses distances mais éprouvait, toujours, pour lui une certaine déférence. Quand elle sut qu'il s'opposait farouchement à l'indépendance de l'Algérie elle s'enflamma pour les droits de ce pays et pour sa lutte, d'autant mieux que son résistant de père avait choisi maintenant le camp des salauds, des tortionnaires et des voleurs.

Il n'était pas le seul. Marie, la mère de Flo, modeste institutrice trahie par son sénateur d'ancien mari, malmenée par Jeanne sa mère qui avait fait d'elle un souffre-douleur consentant et muet, n'approuva pas l'engagement de Flo en faveur des Algériens. La brouille commença à s'installer entre Flo et Marie, malgré l'amour fervent qui les unissait. Flo avait toujours défendu sa mère contre la méchanceté, la cruauté et les stupides accusations de sa grand-mère. Jeanne, elle, était toujours du côté des forts. Elle devint pro-allemande et menaça de dénoncer son gendre et sa fille à la Gestapo, pendant l'Occupation. Tout ce magma et ce fatras de choses avaient dégoûté Flo dès l'adolescence lorsqu'elle comprit ce qui s'était tramé, dans la famille, de louche, de mesquin et de sale. Ainsi Jeanne, sa grand-mère, avait été une collabo ! Quand elle le sut Flo était en terminale et militait déjà avec les Algériens.

Mais le pire c'était l'oncle aîné de Flo. Gustave avait tout raté. Il avait traversé le siècle dans une indifférence totale vis-à-vis de l'humanité qu'il méprisait cordialement. Elle le lui rendait bien. Breton par sa mère, il avait voulu faire l'École navale mais fut refusé à cause de sa petite taille, de sa santé fragile et de son incapacité à apprendre à nager. Catholique borné il désirait une nombreuse progéniture après son mariage mais s'avéra incurablement stérile. Flo décrivait Gustave comme un être absent au monde et aux autres. Indolent. Jamais mis les pieds dans l'eau. Jamais exposé un centimètre de sa peau au soleil. L'été lorsqu'il s'installait dans un village de pêcheurs, en Bretagne, il boudait pendant toute cette période de vacances qu'il s'imposait comme une punition.

Gustave passait son temps à monter et démonter des modèles réduits de bateaux de guerre, de frégates et de sous-marins. Obligé par sa mère et son épouse à passer parfois un moment avec elles sur la plage, il s'emmitouflait dans un peignoir deux fois trop grand. Gardait ses grosses chaussettes en laine. Vissait une énorme casquette de marin sur sa tête, parce qu'il avait horreur de l'eau et du soleil. En réalité il n'avait jamais digéré son éviction de l'École navale.

Il restait là transi malgré la canicule et les couches successives de vêtements qu'il camouflait sous ce fameux peignoir de couleur terne. Il passait son temps à lire et à relire les romans de Pierre Loti. Dans les rares moments où il était capable de s'extérioriser il s'exclamait : « Ça, c'est de la littérature ! »

En dehors de ses livres exotiques et des modèles réduits de bateaux, Gustave ne manifestait aucun intérêt pour quoi que ce soit. Sa mère et sa femme le menaient par le bout du nez, se moquaient de lui, le raillaient, mais il ne réagissait jamais. Toujours muet. Toujours placide. Avec, sans cesse dans les yeux, une expression narquoise qui cachait mal son malaise, sa faiblesse et sa lâcheté.

Toujours placide donc l'oncle Gustave. Toujours muet. Son visage prognathe révélait un type mongol prononcé qu'il avait acquis on ne sait où ni comment. Cette façon d'être, cette placidité et cette indifférence au monde rendaient folle Flo qui le haïssait secrètement depuis qu'elle était petite fille ; surtout quand son oncle la fixait pendant de longues minutes, avec ses yeux gris métallisé. D'une façon passive. Vaguement perplexe. Flo était, à ses yeux bridés de faux Chinois, une créature à l'égard de laquelle, non seulement en raison de la différence d'âge, mais encore d'une incompatibilité d'humeur, de caractère, de sexe, voire même de race, il avait une fois pour toutes renoncé à éprouver d'autres sentiments qu'une indulgence amusée, teintée de mépris, de condescendance et de paternalisme. Comme si Flo n'était qu'une pauvre nièce, demeurée et débile, qui avait poussé la bêtise jusqu'à lui demander, un jour, de lui apprendre le latin qu'il maîtrisait parfaitement. Gustave refusa net et triompha sur Flo grâce à cette vexation qui la rendit furieuse. De plus en plus la famille ou bien lui faisait pitié ou bien la dégoûtait profondément. Jeanne, bêtement, félicita son fils pour ce refus. Elle était d'une cruauté d'autant plus terrible qu'elle était inutile, inadéquate, toujours disproportionnée.

Jean, lui, était à part. Fugueur génial, ingénieur agronome extravagant, anarchiste fulgurant, arabisant hors pair qui avait été assez excentrique pour se marier par correspondance avec une fille de ferme, après un pari stupide avec des copains, au cours d'une beuverie mémorable. Il avait ainsi multiplié les frasques, selon Flo, pour faire endêver sa mère acariâtre et impitoyable qui l'avait empêché d'épouser

Sarah dont il était follement amoureux, parce qu'elle était une youpine, disait-elle. Flo jalousait Jean qu'elle adorait pour une seule raison : malgré tous ses efforts, elle n'eut jamais une maîtrise de la langue arabe comme son oncle préféré qui avait ridiculisé sa terrible mère avec son mariage par correspondance. Il aima toute sa vie cette paysanne de la Mayenne, laide et analphabète, par provocation vis-à-vis de sa mère qui avait interdit son mariage avec la superbe jeune femme d'origine juive. Jeanne avait le racisme inné et la méchanceté congénitale.

Dès qu'elle connut l'oncle Hocine, Flo fit aussitôt le rapprochement avec son oncle Gustave. Presque son sosie physique et moral ! L'oncle Hocine, mauvaise langue, disait partout que Flo parlait l'arabe avec un accent épouvantable et qu'elle faisait beaucoup de fautes. C'était là une sournoiserie que Flo ne pouvait supporter.

Il pleut sur Bône pendant que Flo dévide l'écheveau de son désastre familial, comme en contrepoint au désordre familial de Rac. Il pleut sur Bône où ils venaient souvent, maintenant, passer quelques semaines dans la maison familiale, ou dans un hôtel construit au-dessus d'une falaise vertigineuse, avec en contrebas une plage sauvage de galets noirs et une forêt quasi tropicale.

Sur la terrasse de l'hôtel, le soleil continue à monter lentement. Rac, affublé d'une perruque et de grosses lunettes noires, écoute Flo parler de cette déception familiale et du remords qu'elle ressent maintenant de s'être brouillée avec sa mère, à cause de la guerre d'Algérie. Marie mourut foudroyée par un cancer virulent. Elle avait à peine cinquante ans. Flo parlait rarement de ses parents. En cela, elle était le contraire de Rac qui ne cessait de ressasser ses obsessions.

Sur cette terrasse de l'hôtel bônois, le soleil dépassa vite le rebord de la terrasse d'en face. Il était pâle. Fané par le crépuscule bleuâtre qui se profilait à l'horizon, derrière les montagnes de l'Atlas. C'était superbe. Le soleil d'une façon entêtée se forçait à poursuivre sa descente.

Flo était bouleversée par tant de beauté. Des larmes d'une joie voluptueuse et sourde jaillirent de ses yeux bleus. Rac voulut l'embrasser, mais la tendresse dévastatrice qu'il éprouvait à ce moment pour elle l'en empêcha. Il resta là, à la regarder pleurer de bonheur et de désarroi à la fois.

4

Le soir devint de plus en plus foncé et de plus en plus voluptueux. La ligne flamboyante de l'horizon s'éloignait et se rapprochait. Le soleil, longtemps adossé au mur d'en face, finissait par s'effriter particule par particule à l'intérieur d'un vieux platane qui existait déjà à l'époque de son enfance bônoise, bien avant que ce magnifique hôtel de style mauresque ne fût construit. Rac avait l'impression que cet arbre qui était avant tout un merveilleux refuge pour des centaines d'oiseaux, était un résumé, un raccourci du monde physique.

Puis après, bien après, le passé se fêlait, se lézardait à la manière d'une des vieilles branches criblées de vers et rendue friable, alors que quelques semaines auparavant, elle était encore exubérante, capable de griffer les vitres de la chambre, comme dévorée chaque année un peu plus par le merveilleux arbre qui prenait des proportions effarantes, comme atteint de gigantisme, ne sachant plus que faire pour arrêter son interminable croissance. Le soir continuait à foncer et la nuit à s'épaissir. Un oiseau arriva de loin, battant des ailes, enivré de liberté, modulant l'ouverture de ses rémiges selon une amplitude grandiose comme s'il voulait défier la barre encreuse du ciel et craignait en même temps que, devenue rigide, elle ne lui tombât dessus. L'oiseau avait le cou rivé au ciel et ses plumes étaient badigeonnées d'une couleur vert Nil. Il restait là suspendu dans l'atmosphère. Immobile. Ses trilles parvenaient comme un langage brouillé par les fluctuations ondoyantes de son parcours. La nuit se faisait plus charnelle et la barre maintenant ensanglantée de l'horizon ne cessait d'avancer et de reculer. La lune avait fait son apparition, argentée, brillante, bombée, déjà, bien que la clarté du jour ne fût pas encore tout à fait estompée. C'était l'heure douloureuse que Rac redoutait. Il partit dans la chambre qu'il louait, sous un faux nom, dans cet hôtel magnifique qui surplombait la ville de Bône, laissant Flo absorbée dans ses contemplations.

Elle le rejoignit et fit irruption dans la pièce sans qu'il eût le temps de dire un mot. Il crut l'entendre parler dans son dos, devinant qu'elle s'était appuyée contre la porte refermée ; et ses mots lui parvenaient à travers une tonalité caoutchoutée, une élocution ralentie : « J'ai trop tardé à te parler... enfin me voilà ! A peine arrivée à Alger, j'ai décidé de revenir pour te dire certaines choses. Je suis inquiète. Et ne t'occupe pas de l'hôpital. L'hôpital tu sais ! Il y a de moins en moins de victimes. C'est sûr... ! Les intégristes sont en pleine déconfiture mais leur nuisance, même sporadique, est encore efficace. C'est la dérive et la politique de la hache et de la scie de boucherie pour décimer de pauvres paysans isolés sur leurs montagnes pelées. C'est du n'importe quoi. Des bandits de grand chemin, aux abois, décervelés, déments, souvent affamés. Il faudrait que tu partes maintenant... que tu t'installes dans la maison. Tu es resté trop longtemps ici. Tu vas te faire repérer... tout l'hôtel est au courant de ta présence, malgré ta perruque et ton déguisement. Tu le fais exprès ou quoi ! Tu as l'air idiot dans tes accoutrements à la Yamaha. Arrête de faire l'enfant Rac... cette histoire d'inconscience désinvolte commence à me sortir par les narines. Arrête Rac ! » Rac sarcastique répondit, sans se retourner : « Mais bien sûr que tout le monde est au courant de ma présence ! Maintenant je passe mes journées au bar avec mes vieux amis. Ici c'est toujours calme, tu le sais... la vie est en train de se remettre à l'endroit... mon déguisement c'est pour la frime... pour épater les copains. »

Flo demeurait immobile, évanescente, impalpable et toute proche. A portée de ses doigts, à cause de l'exiguïté de la chambre. Elle restait collée au battant de la porte et il devinait qu'elle avait étendu les bras en croix, qu'elle était clouée, crucifiée. Elle injectait dans l'air ses odeurs de femelle sensuelle. Il avait l'impression que toute cette volupté qui émanait d'elle s'enveloppait graduellement du brouillard violet de la nuit qui se faufilait du mur situé à l'est, là où le cadre de la fenêtre faisait comme une excroissance cernant une partie du jardin qui transparaissait à travers les vitres en un rectangle parfait. Du côté de la fenêtre, une petite surface du mur était moisie, humide, écaillée et recouverte de mousse.

Il flaira les effluves émanant de ce corps dont l'immobilité était prodigieuse comme si elle était entrée en léthargie, ou tombée en catalepsie. Ses immenses yeux bleus transperçaient la soie de sa chemise ouverte. Les rayons qu'elle dardait sur lui semblaient la décomposer : « Je n'ai que trop tardé... il fallait que... » Brusquement l'obscurité devint totale et prégnante. Il restait plongé dans ses pensées. Lorsqu'il se retourna, il entendit sa voix effrayée : « Je ne croyais pas que tu pouvais être lâche à ce point. Toutes ces photos de cadavres amochés, c'est par trouille que tu les collectionnes... par peur... tu es lâche Rac... et ça me fait plaisir... enfin, je crois avoir compris et ça me soulage, tu ne peux pas savoir comme je suis heureuse... au point que j'ai envie de rompre avec Karim... je te voyais en train de perdre la tête... devenir trop dur... sadique... ce n'était plus toi... tu allais tomber dans la folie... devenir une bête... comme eux... comme eux... non! Je vais rompre avec... »

« Ah! ton dentiste aux dents pourries! » Ce fut tout. Il esquiva cette histoire de lâcheté en raillant cette relation qu'elle avait avec un de ses collègues de l'hôpital. Il lui était reconnaissant d'être revenue très vite après l'avoir quitté, fâchée.

Il se tut, se mit à réfléchir : « Ai-je vraiment peur? Suis-je réellement lâche? Et cette culture de l'inconscience provisoire du monde, pour aller vers plus de cruauté envers moi-même, envers nous-mêmes... où est-ce que j'en suis? Ai-je vraiment peur?... suis-je réellement un lâche? Cette pensée s'infiltre maintenant au plus profond de mon territoire mortifère. Elle se faufile dans mes sentiments louches, met du désordre dans mes certitudes, pénètre de force à l'intérieur de mes mensonges, mes légendes, mes contes, mes ragots, mes radotages, mes terreurs, ma mythomanie... » Puis il dit : « Ma mythomanie est nécessaire. Flo, elle m'aide à exorciser ma fragilité, ma peur, ma mort... j'ai mon jardin secret! Personne n'y entre. Même pas toi, Flo. Désolé! »

Flo répéta, sans bouger de sa place : « Je n'ai que trop attendu... il fallait que je te dise cela... en fait tu as plus peur que les autres copains du réseau. C'est ça la réalité. Il faudrait en parler, peut-être... je sais que tu n'as jamais craint la mort... je suis bien placée pour le savoir... tes deux tentatives de suicide, ton engagement dans la guerre à dix-sept ans. Mais là je crois que tu disjonctes... tu perds la réalité de vue... c'est pour cela que je suis revenue. A peine arrivée à Alger, j'ai eu un mouvement de panique... j'ai pris le premier avion... »

Maintenant l'obscurité était devenue totale. Il était toujours plongé dans la fixation des branches torturées des arbres. Très concentré, il observait le retour des oiseaux. Lorsqu'il se retourna vers elle, elle répéta « Je ne croyais pas que tu pouvais être lâche à ce point... oh comme je suis heureuse... ça me soulage... tu étais en train de devenir un monstre... il faudra retrouver vite non pas ta joie de vivre mais la passion, la ferveur de vivre... »

Flo l'étreignit violemment. La fureur l'envahit, il se remplit d'une sorte de déception. Il se parla à lui-même : « Pourquoi ces liens fissurés, sentant le moisi ? Qui a pu m'encombrer de cette femme ? Elle est revenue de la capitale sans m'avertir. Pour me parler de ma lâcheté... m'accuser de devenir une brute, un sadique... alors que je ne fais que me mettre sous anesthésie pour ne pas trop souffrir... c'est humain, non ? »

« Pourquoi as-tu pris l'avion ? » Elle refusa de répondre à cette question idiote, à cette façon d'éluder les choses essentielles, de fuir cette mise à nu, cette mise en coupe. Depuis des années elle voulait lui dire tout ça et à chaque fois il avait catégoriquement refusé ; avait su se défiler d'une façon habile et efficace. Elle préféra le surprendre, découvrir ses secrets profonds, le mettre devant le fait accompli, patauger dans ses marécages intimes. Il éclata d'un rire nerveux et explosa brusquement à bout de nerfs : « Ai-je vraiment peur... suis-je réellement un lâche ? Je ne suis pas si monstrueux, Flo, j'essaye de voir, de comprendre, d'affronter mes tares, mes vices, mes complexes, ma névrose ; mais revenons à l'essentiel... qu'est-ce que tu es venue faire ici ? Pourquoi as-tu laissé ton service à l'hôpital pour revenir si vite ? » Soudain, son regard tomba sur un titre de journal que Flo avait déposé sur la table de chevet : UNE FILLETTE DE NEUF ANS ÉGORGÉE EN PLEINE CLASSE DEVANT SON INSTITUTEUR ET SES CAMARADES À SIDI MOUSSA.

Rac avait l'impression d'avoir la peau plus fripée que d'habitude. Des convulsions violentes le secouèrent des pieds à la tête. Il avait mal à la colonne vertébrale. Il croyait qu'il allait mourir. Il se rappela brusquement et sans aucune raison le jour où Marie la mère de Flo était morte ; arrivée au bout de son cancer. Agonisante, elle avait été évacuée sur l'hôpital le plus proche. Jeanne, sa mère, hurlait : « Ce n'est qu'une comédie... elle n'a rien du tout... de la comédie tout ça, je vous le dis, docteur... elle fait ça pour avoir ma peau, pour se faire valoir, docteur. Elle n'a rien ! Rien ! »

5

Lorsque le matin déversa ses larges flaques de lumière, Rac se réveilla en sursaut dans cette chambre d'hôtel au-dessus de Bône, en face des ruines d'Hippone. Il se rappela soudain que Flo avait dormi dans ses bras. Cela n'était plus arrivé depuis longtemps. Il lui avait proposé au moment où leur désir commençait à s'émousser sérieusement de faire chambre à part. Elle avait refusé violemment. Les affirmations de Flo au sujet de sa peur qu'il voulait évacuer, au profit de ce qu'il appelait l'inconscience désinvolte et qui n'était qu'une apparence de cruauté, l'avaient rapproché d'elle. Sa colère battue en brèche s'ouvrit sur la méditation.

Il réalisa que la thèse avancée par Flo n'était ni impossible ni ridicule. Il se répéta, pour se consoler de cette intrusion, de cette mise à nu, de ce déballage qui le mettaient en face de lui-même, qu'au fond il était fier d'être parvenu à la faire adhérer à son propre moi opaque, perplexe, troublé et insaisissable. Il finit par accepter cette idée. Puis il se rendormit à ses côtés dans la moiteur voluptueuse de son corps humide et l'atmosphère lourde et trop chaude de cet été bônois. Impression de couler d'une façon plus fluide entre ses membres, entre sa chair et sa peau, comme l'eau coule sous la glace. Dès leur première rencontre Rac avait compris que le monde troublait Flo et que la vie la fascinait, qu'elle était pour elle une énigme totale. Incompréhensible. Inextricable. Flo, aussi, vivait dans une perplexité permanente, comme innée. Aussi s'entêtait-elle à vouloir décortiquer le sens du monde. En vain. Elle souffrait tel un frelon qui a perdu son axe essentiel, hébété par la structure des cellules dans lesquelles il a pris l'habitude de couler son suc volé aux abeilles, hésitant entre l'excitation et l'immobilité. Rac, dès le début, s'acharna à réconcilier Flo avec sa mère. Il affronta Jeanne et lui dit ses vérités ; ce que personne n'avait osé faire auparavant. Il remit Gustave à sa place et devint le meilleur ami de Jean, le jumeau de Marie, spécialisé, à travers le monde, dans la lutte anti-acridienne, versé dans la langue arabe et expert dans les comportements extravagants qui rendaient son excentricité à la fois délicieuse et abracadabrante et son courage suicidaire et fragile. Il arrivait à Flo de s'interroger au sujet des ingérences de Rac dans les affaires internes de sa famille ; ce qui la mettait dans une position inconfortable. Mais Rac savait par son expression qu'elle aimait cela – car elle souffrait, comme lui, d'une sorte de perte d'identité due à l'abandon du père. Ce père instituteur emporté par son héroïsme, devenu après la Libération un sénateur arrogant et prétentieux, mesquin et cruel envers la mère de Flo, abandonnée, flouée et trompée.

Flo vécut entre une mère divorcée et une grand-mère autoritaire et acariâtre qui jeta toute sa cruauté et sa méchanceté sur sa fille qu'elle haïssait parce qu'elle était enceinte de Marie, la mère de Flo, et de Jean le jumeau qui fugua, à vingt ans, en Tunisie, lorsque son époux tomba, fauché par un obus à Verdun en 1917. Jeanne en voulut à sa fille dès la naissance. Elle considéra qu'elle lui avait porté malheur. Quand Marie divorça, la haine que sa mère lui vouait redoubla de férocité ; mais Marie, à l'image de certains invertébrés qui s'offrent avec délectation à leur prédateur, vint vivre sous le toit de cette mère qui en profita pour l'installer dans le mépris et l'humiliation. Flo grandit dans une maison où il n'y avait que des femmes. Elle vécut dans une atmosphère malsaine faite de chicanerie, de sournoiserie et de cruauté. Le manque et l'absence du père la torturaient. Il y avait là une faille. Une fracture. Elle haïssait son père mais il lui manquait atrocement. Peu à peu, à mesure qu'elle grandissait Flo avait transformé cette haine en culpabilité envers sa mère, institutrice modeste et complexée par son divorce, femme jetée en pâture à sa propre mère.

Flo n'avait jamais oublié la période durant laquelle les autres enfants se moquaient d'elle d'une façon impitoyable et infligeaient à son corps toutes ces impressions, ces signes, ces empreintes, ces mots et ces actes douloureux et terrorisants parce qu'elle avait une mère divorcée et un père sénateur qui l'ignorait. C'est pourquoi elle semblait être née pourvue, au niveau de son cerveau, d'un mécanisme lumineux qu'elle aurait enfermé entre les replis de son corps et qui lui servait d'alarme, l'avertissant du moindre danger, se mettant en branle d'une façon survoltée, interminable, horizontalement et verticalement à la fois. Ce manque douloureux du père et cette pitié atroce qu'elle ressentait pour sa mère avaient semé en elle, de façon définitive, une révolte silencieuse, rentrée et refoulée. Elle éprouvait en effet une sorte de colère, d'orgueil et de pitié pour l'humanité en général qu'elle transformait en une abnégation et un don de soi admirables.

Très jeune, Rac avait fait la connaissance de Flo, alors qu'étudiant il tirait péniblement les jours et passait son temps à défier les grands espaces, ne cessant pas de tourner autour des femmes, de militer pour ses idées et de développer des photographies prises à travers le monde. Il essayait ainsi de collecter tout ce que son père avait éparpillé de ces choses de la vie courante aussi bien que des affaires louches jamais éclaircies qui l'obsédaient et qui ne voulaient pas s'atténuer ni s'effacer. Flo avait besoin de canaliser toute son énergie et sa fureur. Elle avait parlé à Rac de cet instinct d'autodéfense qu'elle avait acquis pour se sécuriser et se préserver psychologiquement et pas du tout pour les raisons objectives nécessitées par le mouvement de la vie. Rac lui avait donné raison et lui prouvait très souvent qu'il n'y avait pas là de contradiction notoire. Peu à peu elle comprit dans le feu de l'action semi-clandestine que la protection psychologique de l'individu rejoignait la défense politique et sociale de la collectivité. A sa manière fougueuse de se battre contre la cruauté, l'horreur et la démence et à cause de son courage, son amour pour Rac se réveilla ainsi que sa passion algérienne. Chaque jour un peu plus. Elle lui dit un soir : « Tu as besoin de plusieurs mères, ta passion pour la tienne cache beaucoup de choses... cette passion que tu essaies de camoufler et de minimiser... j'ai toujours aimé ta mère, plus que la mienne. Tu m'as donné une famille, Rac... tu m'as donné un pays que j'adore. J'ai perdu le mien à quatre ans, en perdant mon père qui s'est débiné et en découvrant la trahison de ma grand-mère, pendant l'occupation allemande. Ton pays était neuf. Ta mère une femme anticonformiste, follement sympathique. Toute ta famille bien-pensante était contre notre relation. Seule ta mère l'a encouragée, défendue, protégée. Ma mère était trop timorée. Je lui en veux toujours de s'être laissé malmener non seulement par son mari et par sa mère, mais par la vie tout court. »

Flo ne savait pas pleurer. Elle ne le fit pas à l'enterrement de sa mère, malgré l'affection qu'elle avait pour elle. C'était son autre façon d'être timide, discrète et distraite de la vie. Une sorte de détachement extérieur, de façade et en surface. Rac comprenait d'autant plus le chagrin rentré de Flo vis-à-vis de sa mère morte de la cruauté incroyable et insoutenable de Jeanne et de sa propre indifférence à elle-même, qu'il avait fait l'expérience de la fourberie très tôt, à l'école coranique qu'il fréquentait. Elle était située dans une impasse où se trouvait un bain maure. Au-dessus du toit un âne aux yeux bandés tournait interminablement sans jamais s'arrêter, autour du puits qu'il faisait fonctionner. L'âne (s'agissait-il plutôt d'un chameau ?) n'avait pas l'air trop malheureux, et comme les élèves de l'école savaient que ni les ânes ni les chameaux n'avaient de religion, ils ne se gênaient pas pour lapider la pauvre bête. Manifestation de cruauté précoce à laquelle Rac participait pour s'attirer l'admiration de ses compagnons dont la plupart étaient très pauvres.

Il vivait dans la hantise d'être mis en quarantaine parce que son père était immensément riche et qu'il savait, d'instinct, que les enfants de l'école vouaient une haine viscérale aux familles bourgeoises de la ville. Il ne comprenait pas la cause d'un tel sentiment. Il faisait tout ce qu'il pouvait pour plaire aux autres enfants et gagner leur sympathie. Il essayait de se rapprocher du pauvre bougre de maître coranique, misérable, hirsute et tuberculeux *(Oui Monseigneur Noun et le calame et les lettres tracées...)* qui, de surcroît, le soupçonnait d'être un hérétique, se méfiait de sa foi et de sa sincérité religieuse, cela parce que, comme toute la ville, il était au courant de la vie de débauche frénétique que menait son frère aîné et de l'existence d'une femme juive parmi les multiples épouses de son père.

L'écriture des versets coraniques ouvrait les portes de l'avenir, selon le maître, grâce au griffonnage des lettres en forme d'arabesques incisives, griffant la matière végétale comme si les mots, les lettres et les versets coulaient de cette encre à base de plantes marécageuses ou de la pointe effilée du roseau, gonflant l'ampleur des choses, des événements, des situations, des batailles, des accidents, des états de siège, des dates historiques, des actions d'envergure, des catastrophes naturelles, des légendes, des crues, des miracles, des intempéries, des colères de Dieu...

Comme si toutes ces choses se cristallisaient un peu plus, à travers la transparence des lettres coraniques magnifiquement tracées *(Noun et le calame et les lettres tracées...)*, à tel point que l'on a envie de les empêcher de se détériorer, de s'effacer pour glisser à volonté entre les pages, entrer de plain-pied dans les légendes de l'arche de Noé et *(Iram aux mille piliers, à nulle autre pareille...)* attraper l'histoire à pleines mains en mêlant la réalité et la fiction, le mythe et l'anecdote, l'imagination et la réalité, les lieux et les temps. Rac remplissait ses narines de l'odeur de cette encre fabuleuse et indélébile qui l'emportait dans une sorte d'extase non pas mystique (il avait souvent parlé à Flo des textes d'Ibn Arabi, un soufi qui avait divisé les lettres en deux : les amoureuses et les non-amoureuses) mais érotique.

6

Avec cet écoulement sans fin et sans limites qui creuse ses propres canaux, pose ses propres digues et endigue cette somme fantastique d'événements, de souvenirs et de surcharges, telle une crue emportant tout sur son passage, Flo était devenue une sorte de fétu de paille ballotté par les tempêtes intérieures, les inondations et les intempéries. Elle était prise de vertige devant l'horreur des actes terroristes dont Rac ne cessait de parler et des sales histoires familiales qu'il lui racontait et dont sa vie était remplie. Elle perdait, souvent, le fil des événements et sentait certains jours qu'elle était sur le point de revenir à des sentiments plus tranquilles et plus sereins, pensant qu'il fallait laisser à Rac le temps de consommer jusqu'au dégoût et à la nausée cette passion politique, cette folie existentielle ou cette sentimentalité à la fois infantile et débridée. Elle faillit plus d'une fois perdre la raison, ne comprenant plus rien, certains jours, et le devançant dans l'intuition des phénomènes, d'autres fois.

Mais Rac avait souvent pris à la légère l'effarement de Flo, la frayeur et la panique qui lui agrandissaient démesurément les yeux qu'elle avait très grands. Le regardant fixement, hébétée, frappée de stupeur. L'espace devant elle devenait alors flou et opaque, ou bien il se transformait en un labyrinthe gigantesque bourré de signes, de signaux, de traces, d'indications, de bornes. Avec tout ce qu'ils portent en eux d'arrière-plans, de porte-à-faux et de trompe-l'œil comme si toutes les données de sa vie s'échappaient, débordaient, se poursuivaient, se rattrapaient, à travers un réseau précis ou un faisceau rigoureux composé de grandes esquisses générales, crayonnées à la va-vite, à coups de traits enchevêtrés, de fragments recollés, de schémas dessinés au fusain noir et gras, de souvenirs délétères.

Tous ces éléments prenaient chacun sa direction d'une façon autonome comme s'ils pouvaient se passer des autres éléments, à la fois, concordants et totalement indépendants les uns des autres. Quel était le fil conducteur qui liait Rac à Kamar, sa jeune belle-mère, quand il était à peine adolescent et sa relation avec Flo alors qu'il avait atteint l'âge de la maturité par exemple? Tout n'était pas clair. Des zones d'ombre persistaient. Même si tous ces événements bien réels existaient à part entière à l'intérieur d'une organisation générale des rapports sociaux, ils ne reflétaient pas parfaitement l'explosion de vieilles structures traditionnelles préexistant dans le système général. Flo était alors obligée de lui venir en aide. Elle utilisait un mot clinique pour couvrir cet assemblage à la fois physique et sensitif: névrose.

Flo avait toujours su que l'histoire de sa famille française était, en réalité, similaire à celle de la famille algérienne de Rac. A quelques petits détails près. Leurs destins avaient toujours fonctionné en parallèle. Ils se croisaient et se décroisaient. Et cela la confortait dans sa conviction que tous les pays, toutes les cultures et toutes les civilisations se valent, se ressemblent et interfèrent entre elles. Rac avait toujours peur de l'entendre prononcer de tels mots, de tels jugements définitifs et essayait aussitôt de s'en débarrasser parce qu'il sentait s'infiltrer dans son esprit des échardes, des fragments douloureux de l'histoire générale de leurs pays et de l'histoire particulière de leurs familles. Ces histoires qu'il pouvait lire à la lumière de sa propre vision, de sa destinée et de sa sensibilité maladive, écorchée vive, alors que les autres membres de sa famille, proches ou éloignés avaient tendance à minimiser les malheurs qu'ils avaient vécus, à les réduire à néant, exigeant de lui qu'il les laisse s'effacer et perdre de leur acuité. On lui conseillait de laisser faire le temps, de laisser s'accumuler toutes les futilités possibles et de les recouvrir de cet optimisme à toute épreuve qui lui permettrait alors de vivre en paix. Mais Rac qui ne pouvait entrer dans leur jeu se posait des questions, se torturait pour savoir s'il n'avait pas réellement tendance à gonfler cette histoire familiale, à trop la charger.

Il n'avait jamais su qui avait été à l'origine de l'accident dont fut victime tante Fatma, écrasée par un tramway? Là aussi un grand flou subsistait. On avait parlé de crime, de suicide, de hasard. Puis l'on cessa vite de l'évoquer. Et le silence retomba sur cette mort suspecte. La vieille bonne, il s'en souvenait, avait peur de la grosse tortue et la vénérait d'une façon superstitieuse. Avec son chicot horrible, tartré et verdâtre qu'elle s'évertuait à faire ressortir au-dessus de sa lèvre inférieure, elle effrayait les enfants au point qu'ils avaient l'impression que leurs cœurs s'arrêtaient de battre dans leurs cages thoraciques, qu'ils se liquéfiaient, se congelaient, chaque fois qu'ils faisaient des bêtises, salissaient la maison avec la boue du jardin ou se comportaient d'une manière contraire aux principes de son propre code de conduite. Elle les invectivait alors et ne cessait pas de les gronder, de les prendre en flagrant délit de désobéissance ou de mauvaise conduite surtout quand il s'agissait de défendre Selma, la cadette, à qui ils voulaient chiper une friandise ou un jouet. Selma était la préférée de la vieille femme. Ainsi que Fouad, l'idiot de la famille, quelque peu demeuré, boutonneux, moche et déjà rongé par le mal de l'avarice. Elle les privilégiait et avait pour eux de la tendresse et de l'affection dont on ne l'aurait pas crue capable.

Lorsque Rac ressassait ces fantasmes et ces vieux souvenirs, Flo l'interrompait en disant qu'elle ne comprenait pas toujours toutes les transitions entre les grandes lignes de l'épopée familiale qu'il lui racontait, avec ses détails et ses futilités, dont il avait l'art d'accommoder et d'accumuler les divers éléments.

« Laisse tomber cette famille qui t'obsède et te rend malade. Parlons d'autres choses », lui dit-elle, un jour, immobile, clouée à la porte de la chambre qu'il occupait lorsqu'il séjournait l'été quelques semaines dans la grande maison perchée sur une des collines de Bône. Il s'y réfugiait plus souvent maintenant pour échapper aux terroristes qui voulaient attenter à sa vie. Flo ne bougeait pas d'un pouce et malgré la nuit noire, il sut qu'elle portait sa robe en soie imprimée, couleur pêche.

Les branches d'une bougainvillée s'agitèrent brusquement, avec violence, parce que le vent d'est s'était levé. Un oisillon lança un trille bref. Rac leva les yeux en direction de l'angle gauche du toit d'en face et réalisa que la terrasse était totalement recouverte de plumes d'oiseaux, qui reprenaient leur place habituelle, à chaque tombée de la nuit, alignés au cordeau, selon une géométrie parfaite.

7

« Flo, pourquoi es-tu revenue ? Pourquoi as-tu pris un congé, toi qui as l'obsession de ton travail, toi qui es tourmentée par ta conscience professionnelle... ? »

« J'ai l'impression que tu me caches, que tu me dissimules aux yeux de tes amis bônois. Aurais-tu honte de cette ancienne relation avec une femme qui n'est plus très jeune ? Je suis revenue pour essayer d'exorciser tes fantômes, les raclements de gorge de tante Fatma, les pas traînants et boitillants de l'oncle Jaloul... la catastrophe que tu as frôlée le jour où tu as failli tirer sur ton frère parce que tu croyais qu'il s'agissait d'un terroriste qui tentait de s'introduire chez toi... au fond vous n'auriez pas inventé cette histoire vous deux ? Enfin... toutes ces visions, ces hallucinations dont tu n'arrives pas à te débarrasser. Tu sais que ce ne sont que des visions, des rappels, des souvenirs tenaces de ton enfance... dès que j'ai vu, la première fois, le mûrier du jardin de Constantine, j'ai compris que tu avais exagéré sa taille et son exubérance... le platane de l'hôtel, les bougainvillées du jardin de Bône sont plus impressionnants que le mûrier de Constantine. Tu as tout focalisé sur cet arbre. Ta mythomanie, quoi ! mais c'est pas grave... c'est aussi parce que je t'aime que je suis ici... et cette histoire de couteau de boucher, qu'on aurait laissé chez toi, tu ne l'aurais pas un peu inventée pour t'épater toi-même ? »

Avec la fin de l'hallucination venait la paix lumineuse, comme gelée malgré la sérénité amplifiée par la douceur de la nuit estivale et l'accumulation des photographies empilées dans tous les coins de la chambre aux dimensions restreintes. Il régnait entre eux, maintenant, un calme formidable. Une tranquillité presque parfaite qu'ils n'avaient pas connue depuis plusieurs années. Flo, comme à son habitude, s'était mise à fumer une cigarette après l'autre en s'excusant chaque fois de gêner Rac avec sa fumée. Il n'avait jamais fumé et sa trouvaille de stocker des dizaines de cartouches de cigarettes l'amusait beaucoup. Elle le trouvait puéril et avait, envers lui, des bouffées d'amour maternel. Rac était alors son enfant. Elle était étendue sur le lit. Lui était assis à son chevet. Elle lui prit la main et la caressa. Elle voulait sentir la veine de son pouls.

Elle imprégnait sa peau de son parfum fragile et y laissait des traces de fraîcheur agréable dont il avait bien besoin, après une journée et une grande partie de la nuit passées à développer et tirer ses photographies nostalgiques ou macabres. L'ironie perçait sous les phrases de Flo mâtinées, il est vrai, de tendresse sceptique.

« Laisse-moi m'occuper de toi et de tes fantasmes, j'y trouve un certain plaisir. »

« Le plaisir qu'éprouve l'enfant en écoutant des histoires effrayantes, des histoires d'épouvante ! »

« Ta susceptibilité exaspérée ne résoudra rien.. » Sa voix changeait à mesure qu'elle parlait, elle enflait et s'évanouissait comme l'éclair brouillé.

Soudain il la pénétra. Elle resta figée, sans mouvement. Le plaisir lui monta à la gorge puis à la tête, lui parvenant des coins les plus reculés et les plus souterrains du monde. Il sut qu'elle avait un orgasme. Un liquide visqueux et gélatineux débordait de son sexe (*c'est ainsi qu'on peut décrire le rapport existant entre la plume et le papier comme un rapport sexuel et qu'on peut appeler semence l'encre dont s'imprègne la feuille qui la féconde à la manière de la semence mâle qui inonde les entrailles de la femelle*, Ibn Arabi, *les Conquêtes mecquoises*. Deuxième voyage). A ce moment précis il entendit les raclements de gorge de tante Fatma et il se jeta brusquement contre le mur, pris d'une panique irrépressible et incontrôlable.

Rac courut vers le jardin. En bas, Bône étincelait. Flo le rejoignit. Elle s'étendit nue à même la terre sous la bougainvillée fluorescente et jaune qui imprégnait jusqu'aux pores de leurs peaux moites, comme si la sève épaisse et liquoreuse de l'arbre s'y était déversée. Comme s'ils descendaient de l'arbre lui-même, les nuages tournoyaient au-dessus de leurs têtes telle une nuée de frelons surexcités. Plus bas encore, dans l'air, d'autres nuées d'insectes plus proches et touchant presque leurs corps, s'agglutinaient en strates que Rac pouvait palper du bout de ses doigts.

Les oiseaux lui apparurent les ailes à l'envers. Ils semblaient désaxés, coléreux et névrosés ; peut-être, effrayés, effarés ou intrigués par cette présence inaccoutumée sous les arbres, à cette heure de la nuit. Flo était inondée par sa propre semence, comme par une crue, une inondation collante et poisseuse. La terre parut reliée à l'atmosphère par les formes vertes des branches, entrelacées, tressées, roulées. Flo se débattait à l'intérieur de ses éblouissements douloureux. Elle en devenait mystique. Rac eut envie de la prendre à nouveau. La fente rouge de son sexe se détachait nettement malgré l'obscurité. Il vit derrière lui les oiseaux qui le fixaient d'une façon furtive, pudique. Flo le devança et s'empara de son pénis. Elle l'enfouit au plus profond de son corps excité de femme malheureuse. Il apparaissait, dans la nuit, ébouriffé, renflé, cabossé. « Je te nique et j'enfonce mon malheur, ma nostalgie et ma détresse. Débarrasse-toi donc de tous ces souvenirs mortifères qui débordent de tous tes pores. Baise-moi ! Pénètre-moi ! » dit-elle.

Rac en la pénétrant brutalement avait l'impression qu'il était capable d'écouter le silence à l'instant opportun, le temps d'un éclair, juste avant que les mots ne s'arrêtent tout à fait de se répandre avec une souplesse extraordinaire, caoutchoutée, élastique, dans l'air. Comme si, alors qu'il continuait à articuler des paroles les unes après les autres, Flo était consciente de leur non-utilité ou, peut-être, de leur insolence, leur indécence ou leur bassesse. Ce qu'il y avait de cupidité, à la fois, et de noblesse dans les mots amoureux et érotiques qu'elle n'avait cessé de prononcer depuis qu'ils étaient sortis de la maison. Ce qu'il y avait de mesquin (adj. XIIe siècle, de l'arabe *meskin* : pauvre ; qui est petit, médiocre, plat, étriqué dans sa sincérité et sa spontanéité), de sordide et de grandiose dans ses mots et ses lettres articulées une à une. Il pensait qu'il valait mieux se taire. Qu'ils se taisent tous les deux ! Elle rompit le silence : « C'est cela cultiver l'inconscience ? La désinvolture ? »

Il leva la tête et sentit qu'elle l'observait alors qu'il était toujours enfoncé dans les profondeurs de ses entrailles moites, humides. « Qu'as-tu ? Que t'arrive-t-il ? » Il se retira d'elle. Ramassa à pleines mains les pétales écrasés des bougainvillées odorantes qui parsemaient le sol et lui en truffa le sexe. Flo était décontenancée. Stupéfaite. Désespérée. Dépassée par les événements. Perplexe !

Rac courut vers la maison noyée dans l'obscurité. Elle le suivit. Ils montèrent dans la chambre. Elle prit une cigarette pour cacher sa honte et son désarroi. Comme à son habitude, elle chercha longtemps quelque chose pour l'allumer et tomba sur un briquet de couleur orange posé près de la vieille lampe, au milieu des petits ronds vineux imprimés sur le bois du bureau très ancien. Elle appuya sur l'allumeur et approcha la flamme du bout de la cigarette. Sa voix semblait sortir des épaisses volutes de fumée qui avaient brusquement envahi la pièce. Peut-être était-elle plus enrouée que d'habitude. Elle triturait ses cheveux chaque fois qu'elle tirait sur sa cigarette et aspirait goulûment une bouffée de tabac blond qu'il trouvait fade et écœurant. La pluie se mit à tomber. Torrentielle. Flo pensa alors aux orgies auxquelles Rac participait de temps à autre et qu'elle refusait violemment.

Les fêtes ou les grosses bouffes qu'il organisait pour ses amis ou bien auxquelles il était invité, Rac ne se gênait pas pour les transformer en bacchanales interminables parce que c'étaient là des occasions propices où le partage de la nourriture, du vin et du sexe était une forme de convivialité pure. Là, il croyait qu'il ne buvait pas seul et qu'il ne se soûlait pas parce qu'il avait peur mais parce que, heureux, il voulait communiquer, voire communier avec ses amis qui étaient, pour la plupart, condamnés à mort par les intégristes. Ce n'étaient plus des repas ou des dîners mais des agapes où peu à peu la communication devenait une communion plus que religieuse : mystique.

Dans ces soirées ou ces journées folles et débridées, l'énergie de Rac ne s'appliquait plus à régler, inventorier ou calculer les difficultés ou les risques de la vie quotidienne. Il avait alors l'impression de retomber sur lui-même et dans son être, confortablement adossé à l'exubérance, les fous rires et les situations comiques ou cocasses qui régulaient les rapports de toutes les personnes réunies là pour se laisser aller, pour aller au bout du plaisir. Le simple plaisir d'être, de sentir son corps, de serrer en dansant ou en faisant l'amour d'autres corps libérés, insouciants et heureux pour quelques heures ou quelques journées.

Libations interminables. Débordements sexuels. Ambiances orgiaques où il avait le sentiment qu'il avait retrouvé, ne serait-ce qu'illusoirement, la vie. Cela avait lieu après des semaines de solitude, de travail, d'austérité et de vigilance durant lesquelles il allait jusqu'à pratiquer la torture sur son propre corps, pour s'exercer à résister, garder son orgueil et sa dignité, au cas où il serait pris par les intégristes qui le tueraient à petit feu, le mutileraient bout par bout et le tortureraient avec une cruauté dont il avait vu les effets sur les corps de certains de ses copains assassinés par la horde sauvage.

Là, mangeant, buvant, fumant du hashish, dansant et faisant l'amour, il voulait croire que la déchéance était exclue parce qu'il transcendait l'horreur en la retournant contre ses bourreaux, par le mépris, la ruse, l'intelligence brute, la transgression agressive et excessive de tous leurs tabous, de tous leurs interdits religieux et hypocrites ; et par la capacité qu'il avait à agir comme eux, quand il le déciderait, sans aucun état d'âme, malgré le doute qui le tenaillait à ce sujet. Comme eux, avec une sauvagerie, une bestialité et une cruauté démente qu'il sentait couver en lui. Avec cette force sereine, cette inconscience désinvolte, cette dérision formidable que ses adversaires acharnés à vouloir l'assassiner n'avaient absolument pas. Parce que, disait-il à ses amis, ils manquent de vision esthétique de la vie et de la mort. Il s'y exerçait aussi ! Et là en ces moments de formidable communion, il se laissait aller à tout prendre, tout essayer, à dévorer sa vie comme on dévore son anxiété en rongeant ses ongles. A être boulimique de toute chose qui donne du plaisir. Calmer les sens jusqu'à l'inassouvissement. Et au-delà, jusqu'à la nausée. Puis plus loin encore, jusqu'à la transgression posée comme une vertu absolue.

Rac savait qu'il avait été arraché à lui-même, perverti, désidentifié et désintégré, à un point tel qu'il percevait la vie comme un mur de brouillard que ces fêtes païennes trouaient d'éclaircies fulgurantes mais illusoires. C'est pourquoi il n'en abusait pas trop.

Les grosses agapes, les beuveries monstrueuses et les fornications démentes étaient régies d'une façon tacite par tous ses amis afin qu'elles ne fussent que l'exception rare et difficilement atteignable. Là Rac oubliait cette vie de brouillard, cette vie de fou qu'il menait lucidement et avec l'ironie, la dérision et la désinvolture nécessaires – disait-il – à ce genre de situation, pour ne pas tomber sur son propre être grotesque. Nez à nez. Il oubliait ses fièvres, ses haines et ses envies de tuer et chassait peu à peu tous ses souvenirs atroces, ces remontées de l'enfance infernale, pour s'installer, entouré de ses amis, au centre de l'extase.

La jubilation libératrice qui montait en lui, au cours de ces fêtes grandioses quelque peu artificielles et grandiloquentes aussi, finissait par lui donner une immobilité minérale. Ivre. Repu. Le corps rompu par tant d'orgasmes successifs, il regardait la nuit algérienne se ruer à l'assaut de la sauvagerie décomposée, dégénérée et démentielle des terroristes fanatisés. Elle les effaçait. Les gommait et les enfonçait dans les profondeurs de l'obscurité et de leurs propres ténèbres.

Il était apaisé. Flo ne l'accompagnait jamais dans ces orgies gargantuesques. Elle avait peur de tous ces défoulements collectifs durant lesquels Rac n'était plus lui-même. Quelque chose d'autre qu'un homme, qu'un être humain, déjà !

Chaque fois que les choses prenaient une telle ampleur dramatique et une telle violence pathétique, elle s'empressait de disparaître quelque temps de sa vie. Comme si elle ne pouvait maîtriser plus longtemps ces situations abracadabrantes, ces théories plus ou moins fallacieuses, ces orgies certes très rares mais interminables, dégradantes et déshumanisantes, quelque part ; ces terreurs nocturnes, ces maisons et ces jardins mythifiés par la mémoire de Rac resté coincé dans son enfance. Irrémédiablement. Elle lui en voulait de vivre cette mythomanie certes sincère et presque vraisemblable mais qui l'épuisait lui-même et excédait tout son entourage ; qui mettait sa vie en danger et le rendait dangereux pour les autres par ce surplus d'agitation et cet esprit aventureux qui le faisaient vivre dans une sorte d'extase qui ne lui ressemblait guère. Et cela durait depuis huit longues années.

Bône : 26 juillet 1995

Il pleut sur l'hôpital où Flo travaille avec un acharnement excessif. Elle le sait. La pluie percute maintenant les bâtiments, les arbres et le sol d'une façon métallique et violente. Stridente et sourde à la fois. Un peu à la manière des bruits étouffés des pas claudicants de l'oncle Jaloul sur les pavés de la ruelle ; des pas traînants de tante Fatma sur le sol du rez-de-chaussée ; des sifflements stridents de Yamaha dans les gradins du stade d'Alger, pendant la finale de la coupe d'Algérie qui opposa le C.R. Belcourt à l'Olympique de Médéa, le 26 mai 1995.

Cette coupe remportée par Belcourt servit de prétexte au déclenchement d'une liesse délirante qui dura trois jours et trois nuits, sous la houlette de Yamaha transfiguré, passé, déjà, de l'autre côté de la vie et de la mort. Comme si Yamaha pressentant son assassinat s'était appliqué à offrir le meilleur de lui-même, au cours de cette folie collective qui s'était emparée de toute la population, avait débordé le service d'ordre, mis une pagaille joyeuse et indescriptible, installé un tintamarre assourdissant, dans une ville réputée plutôt triste, depuis quelques années.

Le couvre-feu fut donc définitivement levé, au cours de cette nuit du 26 mai 1995.

A moins que...

Cet ouvrage a été réalisé par la
SOCIÉTÉ NOUVELLE FIRMIN-DIDOT
Mesnil-sur-l'Estrée
pour le compte des Éditions Grasset
en juin 1997

Imprimé en France
Dépôt légal : juin 1997
N° d'impression : 38835
ISBN : 2-246-53521-2
N° d'édition : 10415